Histórias de leves enganos e parecenças

Conceição Evaristo

Histórias de leves enganos
e parecenças

6ª edição

malê

Copyright © Conceição Evaristo, 2016.
Copyright © Malê Editora, 2016.
Todos os direitos reservados.
ISBN 978-85-92-73600-2

Projeto gráfico: Vagner Amaro
Capa: Montenegro Grupo de Comunicação
Diagramação: Márcia Jesus
Revisão: Léia Coelho
Ilustração de capa: Ainá Evaristo
Imagem de capa: Lourdes Evaristo
Foto: Joyce Fonseca

Texto revisado segundo o novo Acordo Ortográfico da Língua Portuguesa.
Proibida a reprodução, no todo, ou em parte, através de quaisquer meios.

Dados internacionais de catalogação na publicação (CIP)
Vagner Amaro CRB-7/5224

E92s	Evaristo, Conceição, 1946-
	Histórias de leves enganos e parecenças/ Conceição Evaristo. – Rio de Janeiro: Malê, 2017.
	114 p. ; 21 cm.
	ISBN 978-85-92-73600-2
	1. Contos brasileiros. I. Evaristo, Conceição II. Título
	CDD – B869.301

Índice para catálogo sistemático:
 1. Conto brasileiro

2020
Todos os direitos reservados à Malê Editora e Produtora Cultural Ltda.
www.editoramale.com.br
contato@editoramale.com.br

SUMÁRIO

6	Apresentação
19	Rosa Maria Rosa
21	Inguitinha
22	Teias de aranha
23	A moça de vestido amarelo
27	A menina e a gravata
31	Grota funda
35	Nossa Senhora das Luminescências
37	O sagrado pão dos filhos
41	Os pés do dançarino
45	Os guris de Dolores Feliciana
49	Fios de ouro
53	Mansões e puxadinhos
59	Sabela
104	Posfácio

APRESENTAÇÃO

Pilares e silhuetas do texto negro de Conceição Evaristo

Quantas linhas de Conceição Evaristo seguem nos alumiando a sina, o fundamento e a boniteza de revelar segredos mas não matar mistérios? Quanto de vagareza intensa há na sua prosa sutil e elegante que caminha, baila e salta sem alardear os saltos de seus sapatos? Quanto há de traquejo e de gritos cultivados no silêncio das negras anciãs que traz às suas páginas? Quanto haverá de percepção do tempo, do chão e das lutas que canetas pálidas há tempos chamam de fantástico, sem compreenderem que nosso imaginário, por suas matrizes africanas e pelos venenos do convívio do lado de cá do Atlântico, preza a ancestralidade trançando épocas num mesmo timbre, enamorando o tangível do dia com o perfumoso das noites? Quantos enredos de Conceição Evaristo a não caber na gaveta de um realismo temperado a raciocínio gelado, descarnado e desencantado, e nem de uma fantasia apta a agradar negociatas de estereótipos em prateleiras imperiais? Quanto das gotas de Conceição Evaristo trazem o balanço do mar em plenas alterosas mineiras, em contos curtos que começam como um sopro e terminam sua passagem feito um toque agudo na beira de um tambor? Quanto de vassoura de empregada doméstica, de avental de magistério e de diploma de doutorado, peças íntimas da autora, deixa reticências pontiagudas se emaranhando em ocos do racismo brasileiro que é semelhante ao de tantas paragens caribenhas? Quanto há de fortaleza e graça em sua paciente teimosia de bordar as espirais de ontem, as paisagens de futuro já cantadas há séculos e as urgências contemporâneas que nos espetam e assam nessa terra coalhada de segregação?

Em seu mais recente livro, Histórias de leves enganos e parecenças (Malê Editora), de bela, simples e fundamental feitura pela nova editora Malê, Conceição Evaristo mergulha com ainda mais fôlego em princípios que já se desenhavam nas atmosferas de seus romances Ponciá Vicêncio e Becos da Memória (ambos pela Mazza Editora). Os mapas ainda tem as mesmas cores e silhuetas, estampam as curvas da Minas Gerais que é Congo e das alturas do Rio de Janeiro que é Angola antiga, hoje em nós. Trazem os sussurros, desabafos e revides de quem há 500 anos girando moinhos elabora malícia e gana nas esquivas pela necessidade de manter a coluna aprumada e a prole viva. O texto de Conceição Evaristo alarga o colo e o suspense das rodas de conversa noturna. Estende motes antigos servindo novas perguntas e espaços a pessoas que povoaram histórias de roças e de quartinhos recheados de crianças com avós partilhando o que a pouca farinha pudesse contemplar. Mescla prismas da mais digna altivez e da mirada de baixo pra cima, própria da humildade e também do cangote curvado por viciosa resignação ou estratégia. Abre asas enlaçando miudezas de africanias e estruturas gastas e corrosivas de Brasis que, seja nos litorais, nos interiores montanhosos, nas matas enluaradas, nos mangues cercados ou nas esquinas cimentadas, por tantas vezes nos lembram Soweto e Mississipi.

A poesia de Conceição Evaristo é comovente e também um exame ardido dos pilares de nossa sociedade. Sem simplismos mas com fluência arrebatadora, seus versos pairam e magnetizam nas rodas, tão serenos quanto trovoadas que sussurram. Cantam luares e quilombagens, perdas e gozos, num tom e garimpo que se distingue um pouco de sua obra em prosa, que se é menos contundente e explícita na chamada à malungagem (o que faz com uma tecelagem mais subterrânea) é mais porosa a contradições, labirintos e surpresas. Este sabor, seu jeito de forno, vem mesmo desde suas primeiras ficções em "Cadernos Negros" e nas novelas que esperaram décadas por publicações aqui e por debates e traduções pelo mundo. São ainda incipientes aos clubes oficiais da literatura brasileira, apesar do reconhecimento crescente e tardio que começa a vogar nos gabinetes e círculos regidos pela elite letrada da mesmice colonizada, a que adora parecer latino-americana oprimida nos círculos europeus mas que aqui balança a batuta de antigos canaviais em seus festivais. As diferenças entre a obra poética e a criação em prosa da escritora lembram a distinção entre a poesia e os contos de outro mestre escanteado há décadas pelo apartheid editorial brasileiro: Osvaldo de Camargo. Se as histórias deste escritor por vezes giram entre a melancolia e a ironia de personagens envolvidos em lanhadas memórias e devastadores dilemas imprevistos, seus versos são punhos cerrados e paródias agudas dos símbolos furados da chamada democracia racial de cá.

Em "Histórias de Leves Enganos e Parecenças", como levanta manhoso o próprio título, o que parece e aparece é vigoroso em si, dispensando qualquer aval que o sustente como real sem considerar que a imagem e o que muitos pintam como inexato, descartável ou enganoso é mesmo o miolo ou a tradução de um jeito de sentir o tempo e as relações humanas. Não orna com um materialismo cartesiano que desqualifica o que seus limites eurocêntricos não compreendem e que limita o imaginário como se este fosse um vizinho de parede-meia e não uma habitante principal do nosso templo que é o próprio corpo e que na carne, no gesto, na coluna, na memória e no sonho contempla e orienta nossas maneiras de organizar e sentir a vida. É um livro aos capazes ou desejosos de compreender o namoro e as tretas entre racionalidade e encanto.

As histórias às vezes tão curtinhas terminam num rasante, um clímax que rasga ainda o primeiro respiro do leitor. Imprevistos, sem pistas pro que virá, no susto de seus finais perguntamos das trilhas possíveis na sequência dos tremores. Inevitável conjeturar rumos pras personagens após os choques de término de história. Se tão pequeninas as que iniciam o livro, cresce o leque de surpresas e aparecem condensados tabuleiros onde do jogo jorram detalhes de dramas ardidos. Com leveza, Conceição traça nuances de resistência e de anunciação, traduz atmosferas do sem-tempo. Há também ocasiões em que se escuta com graça o sotaque e o volume das personagens marrentas em meio ao turbilhão de chacotas ou ao mel do romance acontecido entre pedregulhos. E sotaque é algo delicado de se lograr na página sem forçar nem resvalar na linguagem caricatural ou excessivamente regional, saturada de vocabulários pitorescos.

O conto "Grota Funda", por exemplo é magistral. Trata do mistério de um abismo montanhoso e de variações que a cidade conta, emaranhando mini-contos dentro de uma historinha imensa e inesquecível. Aqui, ritmando a tensão entre convenções e repiques, Conceição aborda a sanha, os castigos da coragem, o pus do pudor e da covardia. Lido o conto ao meu pequeno de 9 anos e à minha coroa de 74 primaveras, as íris espantadas e agraciadas foram as mesmas, mas diferentes as perguntas que transcendem moral e ideologia. Este poder de contadora Conceição exerce tratando de vingança e de prudência, de maledicências e de curas, mas sobretudo de fé na reversão da hipocrisia e do chicote com gotas de libertação que não são ingênuas nem pragmáticas. Quando fende sua perspectiva de conduzir de longe a cavalgada das histórias, ao se situar como narradora opinativa diante das vozes murmuradas de seus personagens, apresenta motes que vaporam de um catolicismo mineiro-africano, lembrando a Etiópia da igreja que é anterior ao Vaticano, os spirituals urbanos do Bronx e a Jamaica do reggae que brada o velho testamento bíblico na versão calorosa dos escravizados da diáspora. Porém, Conceição alinhava com a mumunha e a cadência das Minas Gerais que louvam a Nossa Senhora das Reminiscências nas pretices congadeiras do Rosário e nas guardas de Oxum.

Conceição brinda a sede dos xaropes que ainda navegam pela leitura de parágrafos lentos e radiantes, de prosas que não se aceleram em pleno tempo dos fragmentos, slogans e de hegemonia dos pontos de exclamação sufocando sugestões. Assim ela propõe charadas, modula disfarces fundamentados e ensina sobre a força das cores em símbolos que disfarçam a guerra na quilombagem pontilhada a cada manhã. Desenha situações que remetem às casas amassadas e pintadas à mão pelas mulheres Ndebele, da África do Sul diante da truculência bôer, quando a cor preta junta ao amarelo e verde do Congresso Nacional Africano era censurada. Ali, as artistas e moradoras Nguni compunham suas arquiteturas e pinturas em sintonia com a passagem do tempo na soleira, armavam as cores na porta pra combinarem com certas posições do sol, quando a natura é que traria e pintaria o preto com a sombra que deixaria nas portas, perfazendo então na entrada da moradia (ê porteira: este entrelugar tão poderoso) o trio de cores proibidas coroando diariamente a desobediência. Coisa de quem tem gana e conhece técnica e segredo.

Conceição Evaristo refaz a multiplicação dos peixes com farelos pra bolo, reverte pragas orientando que aos tropeçados e grudados na arrogância, quando mordidos pela matriz que abandonaram, basta retomar o novelo da volta. Se nos melamos no sangue vertido pelos olhos da personagem Dolores, se reencontramos os desafios do nome em "Inguitinha" e se conhecemos a guarida improvável que "Rosa Maria Rosa" oculta, é de praxe no livro a chamada do "dizem que...", do "naquele dia em diante..." e do "pra sempre foi assim...", num vago que paira e colore o tempo. A autora coloca o leviano e a ganância na lupa, demonstrando a demagogia dos mandantes. A vaidade abre rebuliço e a falta de zelo tocaia de vergonha quem disputa status e poder endinheirado enquanto as comunidades fissuram os tornozelos por um banho ou uma xícara de sustança. Mapeando a ternura e a brutalidade, a gratidão e a arrogância, os textos do livro pinçam vagalhões humanos que a leva de anos atentos a detalhes propiciou ao cesto de Conceição, que assume as divagações éticas de frente, mas não tem caneta doutrinária.

Após os contos vem "Sabela", uma breve novela. Aqui, a enchente que arrasta para redimir, azucrinar ou matar cada habitante da cidade e seus segredos e vexames, também pesca os leitores. As águas avermelham, gemem, racham, entronam. Conhecem rouxinóis amordaçados e deixam a sugestão bravia de seu poder de vingança. Nessas beiradas e funduras, a anciã Sabela é o espírito nobre traquejado à lameira das esquinas, morros e egos da multidão. Os graves estorvos do percurso não lhe embruteceram. Úmida e de quentura acolhedora, mestra em partilhar e descobrir dons, Sabela conhece a história de afogados que afundaram ou se salvaram, gente que é caldo de fascínio da história, expostos em suas sutis toneladas e agonias, varados pela hipocrisia e fragilidade da sociedade que tanto reza e pune mas pouco ama e harmoniza. Força de Conceição Evaristo é abrir vasculhas na sensorialidade de quem lê e compara memórias e pequenos desfechos de trechos perdidos na linha da vida, estes nossos tecos de mitologia pessoal sempre à espreita aguardando um assovio, um aroma, um beliscão. Porém, pinica na gola do leitor enxerido a alfinetar a colcha tecida por outras mãos, os motivos dos personagens que regressam nas partes finais da história não trazerem mais do que já sabíamos por Sabela. Por que eles voltariam? Apenas para reforçar o já tão bem contado, demonstrando a onisciência da mais velha ou para apresentar furos dos avessos e notarmos que nem mesmo a anciã (e a narradora) da vasta sabedoria ainda assim não pode dar conta dos tantos labirintos de um ser? Após as páginas que arrebatam e que nos fazem de jangada, eles poderiam aportar de volta para contrariar ou deslindar lacunas que nem Sabela poderia revelar? Vergonhas, soberanias e traquinagens outras? Sabela é mulher que é lua cheia predestinada em um céu de estrelas-gente que se temem e se devoram buscando guarida e comungando uma paisagem miraculosa. Na imagem tecida por Conceição e que idealizamos da vasta e miúda mulher, caberia descobrirmos se nem ela poderia deter em sua intuição e sabedoria o que pessoas trincadas pelo racismo e por seus segredos poderiam guardar em seus porões ou oferecer baixinho em suas veredas longe de casa?

Neste tempo de tanta 'cultura negra' ou 'popular' sem preto, sem periferia e sem favela, imãs de moeda pelos holofotes e vitrines ou pretextos de negociata para editais, o livro também é uma zagaia afiada (ou um ninho quentinho, a depender da palma que o segure). Uma grandeza da obra é que o centro das histórias, no imaginário entranhado e ao mesmo surpreendente na gente, é o corpo preto. Sim, a 'cultura' está ali em cada sopro, porém Conceição Evaristo mergulha com sapiência muito mais no cotidiano cintilante ou enrugado do que nos rituais. Assim é no corriqueiro, escamoso e abençoado de cada minuto que sua prosa colhe o encanto dos revides, das dúvidas, dores e carinhos. No cotidiano. Com todo o balaio se alinhando conforme a presença do corpo negro, ela desvia com simplicidade de qualquer deslumbre sanguessuga. Ressalta os pilares da dança, o tambú e as gamelas, sim, mas o que rege os percursos dos contos é o corpo preto nos ambientes, sejam eles quais forem, se dentro de gravatas ou de enchentes. E esse nó de escritora vagarosa e sapiente os chupins não vão conseguir desatar.

Conceição com nitidez e sagacidade desvencilha-se das miradas meramente culturalistas que instrumentalizam vivências, invenções e linguagens de histórica matriz africana no Brasil de ontem e de hoje. Seus contos, sempre mediados pelas marcas, respiros e pegadas do corpo negro, principalmente o feminino, não abrem respiro para uma folclorização se estabelecer, seja a que mofa estagnada ou a das que se propõem dinâmicas e atentas às "invenções da tradição". Isso porque pode se vincular a chamada "cultura negra" a um leque largo de símbolos e até se aprender a batucar, plantar, entoar rezas de fonte ou de linguajar afro-brasileiro; porque pode se vestir, erguer moradias ou se gestualizar de acordo com ditames, didáticas ou espetáculos adequados a uma presença diversa que se entranha a vários lugares das diásporas africanas fundamentadas em luta contra a escravidão, mas Conceição adentra no que não é espetacular e não se pode marionetar tão fácil das marcas ainda aviltadas e consideradas demoníacas por fanáticos e racistas, sobretudo o corpo. O texto flutua repelente a uma estereotipia ou mesmo às tão bem intencionadas e patéticas intenções de "resgate" do que se carimba, se lida ou mesmo se vende como "cultura negra". Os contos não cabem no afunilamento ou na anestesia operados mesmo que inconscientemente entre muitos meandros da indústria do entretenimento ou de uma maniqueísta ilusão de conservação de conteúdos. Entre nossas majestosas e humildes máscaras, arquiteturas, partituras e cardápios, antes repelidos e hoje até monetarizados por fora, mesmo que fosse possível seria desejado pelos mais animados culturalistas uma pele e(m) um corpo negro para assim atravessarem as ruas e as pancadas mentais neste país racista até à medula? É o corpo em seus aspectos sortidos o eixo e a encruzilhada-mór da presença das personagens de Conceição. Para além de imprescindíveis e vitais rituais, as nuvens e rochas do cotidiano envolvem o tecido vivo preto por sua presença que afronta, em si, as versões harmoniosas de um bem viver brasileiro em qualquer situação por onde este corpo se desenvolva, se encolha, se arrebate ou se municie. Em vários momentos prevalecem nos contos partes do corpo, símbolos autônomos mas integrados ao seu conjunto de ossos, músculos, suores e às façanhas do sonhar. Vide o papel central dos pés, do suvaco, dos cabelos, do sangue ou das narinas nalgumas histórias e nos desafios e reviravoltas das águas da pequena novela "Sabela".

A amplidão que Conceição Evaristo dá conta é a do dia-a-dia que se faz com os pelos em riste, o arrasto das chinelas, a fome das estradas e a ciência dos quintais e baldios. Ela escreve o cozimento do cotidiano embebido e retesado por forças que não se pode ver mas que suam e ressoam de dentro, forças que se cultiva e que não se esgotam nas folhas do calendário que ruma apenas prum futuro. E as histórias enredam a alegria sempre cabreira, a soltura que mantém um pé atrás, mostrando os castigos da caminhada ao preto que ousa esquecer sua origem e a expectativa geral diante de sua passagem.

Allan da Rosa é escritor e angoleiro. Integrante do movimento de Literatura Periférica de SP, cursa o doutorado na Faculdade de Educação da USP. Autor de Da Cabula, Zagaia, Pedagoginga, Autonomia e Mocambagem e Reza de Mãe, livro de contos pela Editora Nós, entre outros títulos.

Do que eu ouvi, colhi essas histórias. Nada perguntei. Uma intervenção fora de hora pode ameaçar a naturalidade do fluxo da voz de quem conta. Acato as histórias que me contam. Do meu ouvir, deixo só a gratidão e evito a instalação de qualquer suspeita. Assim caminho por entre vozes. Muitas vezes ouço falas de quem não vejo nem o corpo. Nada me surpreende do invisível que colho. Sei que a vida não pode ser vista só a o olho nu. De muitas histórias já sei, pois vieram das entranhas do meu povo. O que está guardado na minha gente, em mim dorme um leve sono. E basta apenas um breve estalar de dedos, para as incontidas águas da memória jorrarem os dias de ontem sobre os dias de hoje. Nesses momentos, em voz pequena, antes de escrever, repito intimamente as passagens que já sei desde sempre. Hão de me perguntar: por que ouço então as outras vozes, se já sei. Ouço pelo prazer da confirmação. Ouço pela partição da experiência de quem conta comigo e comigo conta. Outro dia me indagaram sobre a verdade das histórias que registro. Digo isto apenas: escrevo o que a vida me fala, o que capto de muitas vivências. Escrevivências. Ah, digo mais. Cada qual crê em seus próprios mistérios. Cuidado tenho. Sei que a vida está para além do que pode ser visto, dito ou escrito. A razão pode profanar o enigma e não conseguir esgotar o profundo sentido da parábola.

Rosa Maria Rosa

Rosa Maria Rosa parecia ter um problema. A moça murchava toda quando mãos estendidas vinham à procura dela. Nunca correspondia ao gesto de busca da outra pessoa. Não se entregava. Mantinha os braços cruzados como grades de ferro sobre o próprio corpo, com as mãos fechadas, postava-se ereta. Nenhum movimento de rosto era perceptível. Nem um leve piscar de olhos indicava o acolhimento da oferta que o outro corpo lhe oferecia. O carinho parecia ser devolvido só por dentro. Enquanto isso muitos ficavam sonhando com o corpo da moça. Não com os seios, não com as pernas, nem com mais nada. Adivinhavam. Tudo deveria ser belo. Rosa era linda. Seria ela a legendária rosa negra? Homens e mulheres queriam apenas entender o motivo do trancamento do corpo dela. Diziam que só as mulheres, as mais velhas, e as crianças cruzavam sob os braços da moça. Contavam também que o aconchego de Rosa era tão doce, que, uma vez abraçados por ela, quando se achavam no regaço da moça, o sentimento de torpor era tão intenso, que ficava esquecido o desejo de olhar para o corpo dela. E assim seguia Rosa Maria Rosa, com seus braços fechados para muitos e profundamente inebriante para as crianças e as mulheres velhas. O que levava Rosa Maria Rosa a economizar o seu gesto de acolhimento ao mundo? E, mais ainda, por que Rosa jamais se lançava nos braços de outrem? Mas eis que em um dia de calor intenso a moça se distraiu, e calmamente levantou os braços como se fosse uma ave em ensaio de voo. Todas as pessoas que estavam por perto viram. A cada gota de suor que pingava das axilas de Rosa, pétalas de flores voavam ao vento. Foi descoberto o seu segredo.

Inguitinha

Tudo em Inguitinha parecia caber o fragmento "inha". A começar pelo nome, que todos achavam que apelido era. Pois não é que até no segundo nome de Inguitinha lá estava a partícula do quase nada. Completa era assim a sua graça: Inguitinha Minuzinha Paredes. Graça mesmo, pois muitos sabedores da expressão "graça" como sinônimo do termo "nome", linguagem usual dos mais antigos, punham-se a tirar sarro da moça. Era só Inguitinha sair de casa, mal dava os primeiros passos, vinha um, depois passavam outros e mais outros a perguntar: Moça qual é a sua graça? Inguitinha Minuzinha Paredes – respondia ela – como se nem percebesse a insolência do ato. Mas um dia, Inguitinha deveras cansada de tanta zombaria resolveu reagir, e quando um idiota qualquer se postou diante dela com a debochada pergunta, o dito nem conseguiu ouvir a resposta costumeira. Em fração de segundos, lá estava o sujeito derrubado no chão, tentando se levantar entre espantos, tijolos e poeiras. Uma parede imensa repentinamente desabou, tão misteriosamente como havia surgido entre os dois, jogando o sujeito por terra. Inguitinha Minuzinha Paredes caminhou, a partir deste dia, sempre em paz.

Teias de aranha

Eram dez pernas e quatro redes somente. Deitavam os corpos daqueles que chegavam primeiro. Era assim o combinado. Nada de choro, nada de vela, nada de fita amarela. Quem não chegasse a tempo, dormiria ao vento... Os grandinhos entendiam o combinado, regra é regra, mas o menorzinho sempre chorava do nariz escorrer. E não adiantava nada os maiores chamarem o caçulinha para se aninhar na rede com qualquer um deles. Quanto mais tentavam consolá-lo, mais ele se aprofundava em sua intenção. Queria uma rede só para ele. A mãe cansada da lida do dia a dia e ansiosa por encostar o corpo no tecido puído, que lhe servia de cama, preso na porta da saída, de lá gritava para a criança maior ceder o lugar para a mais nova. É a lei da proteção. Os maiores, mesmo se desprotegidos estão, devem acolher o menor desamparado. No princípio a investida do menorzinho amargurava muito o mais velho. Com o tempo foi se acostumando e acabava dormindo enroscado no chão, em um pano qualquer, debaixo da rede de qualquer um. Mas um dia, um sonho. Acho que um sonho, nem ele sabia. Todas as noites, aranhas teciam fios, dos fios a rede para acalentar o corpo sofrido do maiorzinho.

A moça de vestido amarelo

Dóris da Conceição Aparecida, desde o primeiro ano de vida, ao começar a falar, deixou os seus espantados. Abrindo os braços, espichando um dos dedos como se mostrasse alguém ou alguma coisa, balbuciou algo assim: "a-ma-e-lo, a-ma-e-lo". Crescendo foi e seus dizeres também. Do balbucio "a-ma-e--lo", a palavra "amarelo" se fez ouvir correta e sempre presente no vocabulário da menina. A cor mais ainda. Era o matiz preferido para colorir seus rabiscos, desde seus desenhos da fase célula até as criações mais completas, como a do corpo humano ou a cópia das paisagens. Um dia, aos sete anos acordou sorridente dizendo que havia sonhado com a moça de vestido amarelo. A moça que ela via sempre e que alguns de sua família entendiam como sendo uma amiga imaginária da menina. Só a sua avó sabia muito bem de que moça, a Sãozinha estava falando. Espantos tiveram todos, menos a avó. O sonho acordara Dóris, bem no dia de sua primeira comunhão. Não poderia Dóris ter sonhado outros sonhos? Anjinhos dançando e voando em algum lugar azul-celeste? Não poderia ter sonhado com a hóstia consagrada, a quem devemos tanto respeito? E por que não sonhara com o cálice bento? Buscando se recuperarem do assombro, resolveram crer que nada seria mais católico do que a menina sonhar com a Mãe de Jesus. A moça de vestido amarelo poderia ser a Nossa Senhora dos Católicos, que viera em vigília cuidar do sono e dos sonhos da menina, pois no dia seguinte ela iria receber a comunhão pela primeira vez. O sonho indicava o fervor da menina diante da fé católica. A moça que enfeitava o sonho da menina, só podia ser a Santa em suas diversas aparições de ajuda e milagres: Senhora Aparecida, Senhora da Conceição, Senhora do Rosário dos Pretos, Senhora Desatadora dos Nós, Nossa Senhora dos Remédios, a Virgem de Fátima... Mas, entretanto, um detalhe não se ajustava bem. Por que a mudança da cor do manto da santa? Azul e branco eram as cores preferidas da Santa católica... Pelo que se sabe a Senhora Católica nunca havia aparecido de amarelo. O padre, ao ser informado sobre o sonho da menina, foi lacônico e certeiro em direção à resposta. Com um tom de contrariedade na voz, olhou severo para a vó de Dóris, como se ela tivesse alguma culpa sobre o sonho da menina. E mordendo as palavras respondeu que deixasse estar, cada qual sonha com o que está guardado no inconsciente. E no inconsciente, nem a força do catecismo, da pregação e nem as do castigo apagam tudo. Dóris estava mais bonita naquela manhã e depois de narrar o sonho caiu em um sono mais profundo do que tinha tido a noite inteira. Só quem conseguiu acordá-la foi a vó, Dona Iduína, tocando algumas vezes na cabeça da menina. Na hora da comunhão, o rosto de Dóris se iluminou. Uma intensa luz amarela brilhava sobre ela. E a menina se revestiu de tamanha graça, que a Senhora lá do altar sorriu. Uma paz, nunca sentida, inundou a igreja inteira. Ruídos de água desenhavam rios caudalosos e mansos a correr pelo corredor central do templo. E a menina em vez de rezar a Ave-

-Maria, oração ensaiada por tanto tempo, cantou outro cumprimento. Cantou e dançou como se tocasse suavemente as águas serenas de um rio. Alguns entenderam a nova celebração que ali acontecera. A avó de Dóris sorria feliz. Dóris da Conceição Aparecida, cantou para nossa outra Mãe, para a nossa outra Senhora.

A menina
e a
gravata

Fémina Jasmine desde pequena tinha um encantamento por gravatas. Sim, por gravatas. Seu pai era o maior sofredor com a predileção da menina por essa peça tida como da indumentária masculina. Fémina no colo paterno, ou quando ele se abaixava para pegá-la e levá-la às nuvens, se força maior ela tivesse, o pai seria declarado morto por enforcamento, mas a frágil força infantil livrava o inocente homem do cadafalso. As mãos de Fémina quedavam-se não só pela gravata-borboleta, peça característica do uniforme do pai garçom, mas também pela peça pontiaguda dos doutores, políticos, e outros amantes de uma certa elegância masculina. Fémina, já mocinha, nunca deixara de demonstrar sua audaciosa predileção por esse charmoso detalhe daqueles que se postavam perto dela. E diante da peça pontiaguda dos distraídos homens, espadas penduradas nos peitoris dos cavalheiros, Fémina os agarrava tenazmente, pela sedutora peça do vestuário. Os coitados, entre o espanto e a raiva, chegavam a se desequilibrar diante dela. Mas era quando eles portavam a gravatas-borboletas, que Jasmine fazia o maior estrago. Com elas, Fémina fazia profundos voos. Arrancava a peça de pescoços íntimos e estranhos que por ventura se colocassem na direção de suas mãos. E, em segundos, borboletas pretas e brancas ziguezagueavam nos ares. Mas o desejo maior dela, desde novinha, era o de colher uma gravata-borboleta amarela. Passou assim sua meninice, em constante estado desejante, a juventude e quem sabe a vida inteira também. Gravatas-borboletas só recolheu as pretas e as brancas. Que ela fosse encantada por gravatas, não se tornou uma preocupação para os pais, até o dia em que ela pediu para usá-las. Tinha quatro ou cinco anos talvez. Foi um alvoroço. Deram à menina os mais lindos lencinhos de pescoço. Inventaram nós e mais nós. Fémina insistia e não desatava de seu maior desejo indumentário. Queria uma gravata igual à dos homens, como a de seu pai. Não deram. E ela passou a reclamar de todas as roupas. Dizia que se sentia nua. Aos dez anos, porém, se sentiu vestida quando foi estudar em uma escola militar. Para a alegria dela uma das peças do uniforme era uma gravata preta. A menina se aquietou. E assim foram os seus dias na escola. Fémina se sentia confortável e segura, enquanto as outras meninas odiavam o uniforme. Entendiam a gravata como um sinal de um quase enforcamento no pescoço. Preferiam colares. Fémina não! E foi assim engravatada, que Fémina ao terminar o ensino médio se apaixonou por Túlio Margazão, um dos meninos mais bonitos do colégio. O rapazinho tinha uma elegância ímpar. Em um concurso de beleza, os dois foram distinguidos como o mais belo casal do clube que seus pais frequentavam. A distinção se repetiu quando os dois foram eleitos o casal ébano da histórica associação "Lírio Negro". E, como era de se esperar, a família e os mais íntimos puderam contemplar a beleza de Fémina. Ela se apresentou enfeitada por uma gravata branca, que sobressaía por entre seus longos dreads, espalhados por suas costas e ombros. Entretanto, a imagem mais bonita de Fémina e suas gravatas surgiu no dia de seu casamento. Túlio Margazão seguia de terno branco, da mesma cor do vestido da noiva. A alvura do vestido da noiva era enfeitada por aplicações de minúsculas e coloridas gravatas-borboletas. E não teve a tradicional jogada de buquê. Sim, não teve! As moças presentes que tivessem o desejo de encontrar seu par foram convidadas a se aproximarem de Fémina, e cada qual podia arrancar uma borboleta do vestido da noiva. E assim fizeram. Muitas borboletas voaram facilitando o apanho daquelas mais tímidas, que não queriam que as pessoas ali presentes soubessem do desejo delas. Dizem mesmo que nenhuma das mulheres que colheu as gravatas-borboletas de Fémina Jasmine ficou sozinha. Todas encontraram seus pares.

Grota funda

Quando Alípio de Sá voltou da grota funda, seu rosto antes vivo, passou a estampar um olhar plácido, perdido no nada. Não só o olhar de Alípio esvaziou, mas também a fala. O homem que tinha eloquência maior do que muitos profissionais do Direito, passou a ter um vocabulário minguado, resumido a quatro ou cinco palavras. Mas, pior do que as frases magras, sem adjetivo algum, era a monotonia da voz, que molemente saía dos movimentos quase imperceptíveis dos lábios dele. Uma enunciação monocórdia, repetitiva, que evocava um refrão de ladainha rezada sem fé, traduzia o estado de torpor em que Alípio se encontrava. Tudo se deu, depois que o homem, antes destemido, aceitou o desafio imposto pelos amigos e se dispôs a descer pelo abismo de Grota Funda. E empunhando depois o troféu ganho como o homem mais corajoso da cidade, antes da descida ao abismo, Alípio, agora, um homem enfraquecido, exibia nos modos adoentado de sua pessoa, o desvalor do prêmio anteriormente conquistado. Um estado de letargia, do qual nunca mais saiu até o momento de sua morte. Assim se deu o acontecido:

Em um dos recantos da cidadezinha de Grota Funda havia uma grota de intensa profundidade. A medida da depressão da enorme fenda, entre duas montanhas, era só adivinhada. Mil histórias sobre o abismo, contadas através do tempo, causavam um confessado temor a várias pessoas da cidade. Diziam uns que, nos fundos daquelas brenhas, morava o corpo de um padre. O clérigo desesperado por um amor que ele não podia viver, um dia depois de ter visto a sua amada passeando faceira com um namorado, decidiu se matar. Foi até a capelinha, se paramentou, bebeu todo o vinho destinado à missa, e se encaminhou tranquilamente em direção a uma das rochas. E, de lá de cima, se lançou no abismo. Falavam que os lamentos do padre eram ouvidos principalmente em noites de muitas estrelas. Outras pessoas diziam que de lá do fundo vinha choro de um bebê, atribuído a um recém-nascido que ali fora jogado por um pai. Um homem cruel e covarde, para alguns, sofredor desesperado, para outros, que, não conformado com a morte da esposa na hora do parto, vingou-se no filho, lançando o bebê no abismo. Havia também a afirmativa de que o choro era do filho e da mãe, em uníssono. Uns defendiam a versão de que os gemidos chorosos, vindos das entranhas da grota, não eram lamentos de dores e sim de gozo. Eram suspiros jubilosos de duas mulheres que, encantadas uma pela outra, mas impedidas de viverem um amor julgado pecaminoso pela família de ambas, optaram pelo abismo. Em um final de tarde, quando o sol morria atrás de uma das montanhas, parede do abismo, as duas com os corpos enlaçados, por inteiro, adentraram em um salto uno, no vazio da grota. Essas e outras histórias preenchiam o vazio da grota enquanto a vida seguia com os seus mistérios. Porém, um dia, um grupo de homens, os que se julgavam os mais fortes da cidade, decidiu que era preciso descer até ao fundo da grota, para averiguar qual seria a verdade da descomunal fenda. Para tal façanha elegeram o mais forte dos fortes. Um chamado Alípio de Sá subiu ao pódio pela corajosa decisão de vasculhar o abismo.

Uma corda de mais de mil metros foi amarrada ao corpo do homem, e ele foi lançado no fundo da grota. Os outros na borda do perigo deram cordas e mais cordas ao corpo de Alípio. Lá se foi ele, abismo abaixo, abismo abaixo... E quando voltou, ao ser indagado sobre o que vira lá no fundo, com olhar vazio e modo distanciado do mundo, apenas respondia:

"Desça lá para ver... Desça lá para ver... Desça lá para ver..."

Nossa Senhora das Luminescências

Ela é assim. Carrega, nos modos de ser, uma esperança para o desamparo de todos. O jeito dela é de tal brandura e fortaleza, que qualquer um vivendo o doloroso sentimento de abandono, ao encontrar a Senhora das Luminescências, conforto experimenta e se sente acolhido no coração do mundo. É assim, a Senhora das Luminescências. Em uma das mãos porta uma pequena cuia e dentro dela uma infinidade de velas que nunca se apagam. Certa noite, estava eu buscando a direção da minha casa, em cegueira que às vezes me ataca, quando clamei pela Dona das Luminescências e ela surgiu para me guiar. Dias desses, me contaram que uma criança no afã de comer um peixe, ainda quente da fritura, além de queimar a língua, ficou sufocada com um espinho agarrado na garganta. Nem chorar a criança conseguia, apenas gemia. A Senhora das Luminescências surgiu de repente trazendo o alívio. Apanhou o pequenino e, na escuridão do entorno, com a sua cuia plena de luzes iluminou a boca da criança. Lá dentro, quem estava perto, viu uma enorme espinha de peixe, furando a garganta do menino. A Mãe das Luminescências somente fez isto: três vezes esquentou a mão livre nas velas e friccionou suavemente na garganta do menino. E no final da terceira repetição do gesto, a criança, que se encontrava prostradinha no colo de sua mãe, ergueu o corpo tossindo, e o motivo do engasgo foi expelido repentinamente. Outra presteza da Dona das Luminescências foi no parto dos trigêmeos de Assunção. O primeiro e o segundo bebê nasceram rapidamente, escorregando ligeiros do útero da mãe. Entretanto o terceiro, talvez amedrontado com os sofrimentos que rondam o mundo, parou no meio do ato do nascimento. A cabecinha despontava e, quando a parteira estendia as mãos para amparar o bebê, o rebento recuava para a sua primeira moradia. Mas foi só a Senhora das Luminescências chegar ao quarto e iluminar o interior da parturiente, que o terceiro rebento perdeu a covardia diante do mundo que o esperava. Destemidamente encontrou o caminho da saída e se juntou aos seus. Mãe das Luminescências também guia o retorno dos viventes para o lugar de onde viemos. Muitos tomam os caminhos da viagem derradeira, seguindo as instruções dela. E, se temerosos estão, a presença dela é tão confortante que a pessoa recorda que essa vida terrena é apenas tempo de preparação para outra vida. Mas, como uma imagem desenhada por meio de palavras é sempre falha, por mais que eu fale, não posso deixar de afirmar:

Só quem conhece a Nossa Senhora das Luminescências sabe quem é ela, e sente o que ela pode fazer por nós. Por isso repito. Ela é assim.

O sagrado
pão dos
filhos

Da mais velha de todas as outras velhas, ouvi várias histórias, e dentre tantas havia uma narração que me acompanhou a infância inteira. A do pão sagrado, alimento nascido das mãos de uma mãe para seus filhos, depois que ela, cozinheira, retornava da cozinha de sua patroa, Isabel Correa Pedragal.

A família Correa Pedragal, ainda hoje, é uma das famílias mais ricas da cidade de Imbiracitê, no estado de Campos Azuis. Riqueza construída, dizem, ainda nos tempos das Sesmarias; são proprietários, até hoje, de terras e mais terras, usinas, gados, armazéns, farmácias, fábricas de tratores, de cervejas, de perfumes, e não sei mais de quê... E de geração a geração, os descendentes dos Correa Pedragal herdaram não só os bens materiais, mas também a prepotência de antigos senhores. Acostumados a mandos e desmandos, inclusive as mulheres; Dona Isabel Correa Pedragal e sua prole de sinhazinhas exerciam (ou exercem ainda) uma vigilância cruel sobre quem trabalha com eles. É desse contexto, fato ocorrido ainda no limiar dos anos 40, que a mais velha de todas as outras velhas de minha família me contou uma história que eu não esquecerei jamais. Eis a narração:

Andina Magnólia dos Santos, filha de Jacinta dos Santos e de Bernadino Pereira, cresceu sob os mandos da casa-grande, embora tenha nascido em 1911. Servindo à família Pedragal, desde pequena sendo a menina-brinquedo, o saco-de-pancadas, a pequena babá, a culpada de todas as artes das filhas de Senhora Correa. Andina Magnólia cresceu forte, bonita e trabalhadora, apesar de tudo. Religiosa também. Temendo que "a pretinha da casa", - assim era chamada pela Senhora Correa e pelos familiares - se enveredasse pelos caminhos não tão católicos, a exemplo dos pais que rezavam para Jesus Cristo e um tal de Zâmbi, Dona Correa esmerou-se em plantar na menina a fé nas coisas da igreja de Padre Joaquim. E assim, Andina Magnólia foi batizada e encaminhada para o catecismo. Segundo a Senhora Correa, ao mandar a Pretinha para a igreja, duas serventias eram realizadas. Andina cuidava das meninas enquanto as levava para a igreja e também aprendia as virtudes cristãs, para não corromper as Pedragalzinhas. Assim a vida seguia. Andina cresceu e as Pedragalzinhas também. Casaram-se todas. Andina com um jovem trabalhador do campo, cujas origens provinham também de africanos escravizados em terras brasileiras. As moças da casa-grande misturaram suas fortunas com as dos primos ricos ou com os filhos dos velhos amigos da família, também soberbos e afortunados. Andina foi destinada a trabalhar com uma das novas senhoras do império Pedragal. Isabel Correa Pedragal, antes a menina Bebel da casa-grande, a quem Andina havia servido de babá, apesar da mesma idade. E nos dias de Andina Magnólia, novos sofrimentos foram surgindo. Apesar do trabalho dela e do marido, muitas vezes faltava alimento para os filhos, enquanto na casa da patroa a fartura esperdiçava muito do que ela preparava no dia a dia. Andina Magnólia tinha aprendido com a mãe a fazer um pão caseiro, que se tornou conhecido como "a delícia das delícias". Toda a família da casa-grande vinha buscar o pão feito por Andina. Os filhos de Andina nunca tinham saboreado a delícia preparada pela mãe, tal a dificuldade para comprar os ingredientes para a feitura do pão em casa. Um dia Andina pediu à patroa um dos pães para levar para casa e não recebeu uma resposta positiva. E, a partir desse dia, além de ter de se contentar com um único pedacito que a patroa cortava e lhe dava, tinha de comer diante dela, sem nada levar para casa. Andina aparentemente obedecia, mas, à medida que comia, deixava alguns pedaços, farelitos, cair no peito, entre os seios por debaixo da blusa. E todos os dias a mãe levava o pão sagrado para os filhos. Farelos, casquinhas, ínfimos pedacinhos saíam engrandecidos e fartos do entresseios de Andina Magnólia. Dela, do corpo dela, o pão sagrado para os filhos. O alimento ainda vinha acompanhado de leite. Sim! De leite, apesar de Magnólia ter deixado de amamentar a menorzinha de cinco filhos havia tempos; a menina não tinha nem um ano. Não porque quisera, mas porque o leite secara, na medida em que ela se distanciara da amamentação, por força do trabalho. Entretanto, dois anos depois, o benfazejo líquido materno jorrou novamente. E, enquanto foi preciso, todas as noites, Andina Magnólia chegava em casa e celebrava, junto à sua família, a multiplicação do pão sagrado para os filhos. Celebração em que Zâmbi, por força de sua presença, transformava o mínimo trazido por Magnólia na fartura do alimento para os seus protegidos.

Os pés do dançarino

Davenir era o que melhor possuía a arte dos pés na pequena cidade onde tinha nascido, em Dançolândia. O dom de bem dançar era uma característica comum de todos os que ali tivessem nascido, ou que porventura tivessem escolhido viver na cidade. Dizendo melhor sobre Davenir, é preciso afirmar que no moço não era só a competência nos pés que fazia dele, quem ele era, mas o corpo todo. Tudo nele era habilidade para a dança. O corpo e todas as minúcias. O olho, a boca, o cabelo lindamente crespo em desalinho. A dança estava tão entranhada no corpo de Davenir, que alguns diziam que nem com amores Davenir se preocupava. Na dança, o gozo, o prazer maior. Aos sete anos, tendo observado aulas de dança em programas de televisão e participado dos bailes familiares, ele já dançava samba e tango. A família adivinhando para ele um futuro profissional, enfrentou todos os comentários jocosos e colocou o menino em aulas de balé. Não deu outra. Tudo certo. Davenir foi se tornando cada vez melhor. Aos quatorze era ótimo aluno nas aulas de balé clássico, de balé moderno, de balé afro, de sapateado e mesmo de dança do ventre, sem se importar com os ignorantes comentários emitidos ali e aqui. E, em meio a tantos progressos, o moço que "dançava com a alma nos pés", -

elogio dado por um renomado crítico de dança -, seguia se destacando mais e mais. Contemplado com bolsas de estudos, inclusive para o exterior, lá se foi Davenir experimentar palcos e danças de outras culturas e exibir a sua natural versatilidade. Em uma mesma apresentação, ele era capaz de dançar uma congada mineira, um batuque afro-tietense, uma dança tcheca, como a polca, um reggae da Jamaica e do Maranhão, como também imprimia graça e verdade ao corpo, quando apresentava um rap. Era tanta a habilidade, o dom, a técnica do moço, tanta competência, tanta arte tinha Davenir, que não havia nomeação certa para ele. Bailarino, dançarino, dançador, pé de valsa, pé de ouro de todas as danças... E com tanto sucesso merecido, o moço esqueceu alguns sentimentos e ganhou outros não tão aconselháveis. Os conterrâneos de Davenir foram testemunhas do que aconteceu com ele um dia. E entre lamentos contavam o fato, e desejavam ardentemente que Davenir reencontrasse os seus perdidos pés. Vejam como o fato se deu:

Quando Davenir regressou à Dançolândia, um grande baile, na praça da cidade, foi organizado para esperá-lo. O evento era de agrado de todos, pois o dom da dança era de pertença de quem ali havia nascido e de quem chegava para ficar. O slogan da festa era "O importante é dançar". Não houve quem ficasse em casa; das partes mais longínquas da cidade, as pessoas saíam em direção ao local do festejo. Todos estavam saudosos do filho da terra que "dançava com alma nos pés", aliás, slogan que os dançolandenses tinham ampliado, criando uma máxima: "só dança bem, quem a alma nos pés tem". E depois de umas poucas horas, que pareceram infindas para o público, Davenir chegou à praça, pronto para receber as homenagens. Chegou certo de que era um tributo merecido e de que outras celebrações deveriam acontecer. Para Davenir, a cidade deveria curvar-se aos seus pés, pois tinha sido graças a sua arte que um lugarzinho como aquele tinha se tornado conhecido no mundo. E, na vaidade do momento, Davenir nem prestou atenção em três mulheres, as mais velhas da cidade, que estavam postadas nas escadas do coreto, em que ele deveria subir. Passou por elas, sem sinal de qualquer reconhecimento. Também não percebeu o abraço lançado ao vazio que elas fizeram em direção a ele. Davenir pensava só na homenagem que iria acontecer e nas fotos que seriam tiradas dele com as autoridades da cidade.

E depois de apresentações que levaram o público às lágrimas, Davenir emocionado se preparou para deixar o local. Ao descer as escadas, foi que ele reconheceu as respeitáveis anciãs da cidade. Elas estavam ainda de braços abertos, esperando para abraçá-lo e receber os abraços dele também. Foi quando Davenir se viu menino novamente e nesse instante reconheceu que a mais velha das velhas, era sua bisavó. Ela tinha sido a primeira pessoa que distinguiu nele o dom para dança. A segunda velha tinha sido aquela que um dia, com oração e unguentos, curara milagrosamente, o joelho deslocado dele. Acidente que ele sofrera, em véspera de uma grande apresentação. E a terceira, Davenir não conseguia se lembrar, de quem se tratava, embora a fisionomia não lhe fosse estranha. Mas nem assim Davenir parou para acolher o carinho das velhas tão marcantes em seu destino. E, à medida que descia as escadas e seguia o caminho, uma dor estranha foi invadindo seus membros inferiores. Foi tomado também por um desesperado desejo de arrancar os sapatos que lhe pareciam moles, bambos e vazios de lembranças em seus pés. Susto tomou ao puxar os sapatos, quando sentiu as meias vazias. Deu pela ausência dos pés que, entretanto, doíam. Nesse mesmo instante recebeu de alguém da casa um recado da Bisa, a mais velha das velhas. Os pés dele tinham ficado esquecidos no tempo, mas que ficasse tranquilo. Era só ele fazer o caminho de volta, para chegar novamente ao princípio de tudo.

Os guris
de Dolores
Feliciana

Todas as manhãs Dolores Feliciana abria o guarda-roupa e averiguava se os pertences de seus meninos estavam organizados. E contava: 5 camisas (social), 11 shorts, 21 camisetas (sem manga), 15 camisetas (de manga), 5 calças jeans, 3 paletós, 1 gravata, cuecas ela não contava, calculava umas 30, não mais. Depois, pacientemente, ia para as prateleiras de sapatos e repetia a rotina da arrumação e contação dos pares. A organização dos sapatos exigia mais força e concentração de Feliciana. Primeiro era preciso casar os pares, depois separá-los por dono: 2 pares de sapatos novinhos de Chiquinho, 1 par de sapato e 2 de tênis de Zael e 1 par de tênis e 2 pares de chinelo de Nato. Depois de ter puxado tudo para baixo, casar os pares, deixar tudo separadinho, era preciso ir lá fora, buscar a escada, subir e colocar tudo em cima do guarda-roupa. Em seguida, voltar com a escada para o lugar certo, colocá-la lá fora entre o tanque e o botijão vazio de gás. As roupas, os guris não se importavam com a mistura, nem mesmo com a confusão das cuecas. Os três tinham quase que a mesma conformidade de corpo, entretanto a numeração dos sapatos era totalmente diferente. Um, o mais velho, calçava 37; o do meio, 41; e o caçula 39. Nem os chinelos facilitavam a arrumação. As meias sim, devido às facilidades que o "tamanho único" oferece. Os meninos eram exigentes com a arrumação do quarto, mas conservavam tudo arrumado, o trabalho se resumia na conferência diária. Feliciana tirava com cuidado as pilhas de roupas e com zelo devolvia tudo aos devidos lugares. Nesse exercício as manhãs de Dolores se gastavam. Às vezes, o silêncio que acompanhava a tarefa da mãe era quebrado pela presença dos três. Chegavam em momentos que ela nem via. Apareciam escondidos dentro do guarda-roupa ou debaixo das camas. Com os dedos nos lábios, pediam à mãe que continuasse em silêncio. Ninguém podia saber que eles estavam ali. Ninguém, nem mesmo o pai. Segredo entre eles e ela. Mãe precisa aprender a guardar sigilo. E Dolores Feliciana sabia.

Quando Dolores Feliciana falava dos filhos, os olhos dela vertiam sangue. Ela sempre falava deles com a voz entrecortada de sangue também. E foi olhando nos olhos marejados de sangue de Dolores que entendi a expressão "lágrimas de sangue", no dia em que ela me falou, pela primeira vez dos três:

Os três meninos são os meus guris. Não estão aqui agora, mas a qualquer hora, chegarão, pois vão e voltam sempre. Por isso conservo a arrumação, embora muitos digam para eu desfazer de tudo. Não vou desrespeitar os pertences de meus meninos. São esses os meus guris:

Chiquinho, o primeiro de nascimento e também de morte. Tinha acabado de completar 19 anos, quando partiu (o que me consola é que ele vai e volta). Depois foi Zael, esse a segunda vida que gerei, a segunda que perdi, nem 17 anos tinha ainda. O corpo dele apareceu depois de três dias de sumido. Dizem que uma única bala fez o cérebro dele voar pelos ares. Tudo aconteceu no dia em que fazia um ano, que a vida de Chiquinho tinha sido esgarçada por mais de 15 balas. Um jornal me entrevistou na ocasião e eu não consegui dizer nada sobre a perda de meus dois filhos. Minhas lágrimas tingiam de sangue o entorno e respingaram sobre a roupa do jornalista. O moço se afastou, me olhando com nojo. De longe, tirou uma foto minha, publicou depois e embaixo escreveu isto: "Mater dolorosa". Sei que outro diário rebateu a imagem, com os seguintes dizeres: "Jornal sensacionalista compara a dor de uma mãe qualquer com a dor da Mãe de Cristo, nosso Salvador. A dor de uma mãe qualquer não pode tomar como referência a imagem da Mãe de Cristo, Nossa Senhora. A Mater Dolorosa sofreu pela morte do Filho que veio para salvar a humanidade. Essa mãe qualquer chora por um filho que simboliza a perdição da humanidade." Eu sozinha, dona de minha dor e de meu desespero, verti sangue e mais sangue. Mas eis que a Mater Dolorosa, aquela que, na dor, é semelhante minha, me apareceu em casa e me consolou. Ela me disse que me entendia, mas que eu esperasse pouca ou nenhuma compreensão das pessoas. E desde então a Mater Dolorosa acolhe minha dor e minhas lágrimas de sangue. E ando assim, com o útero dolorido. Nato, o menorzinho, o meu caçula, também se foi. Depois de quase um mês desaparecido, surgiu um corpo aqui perto de casa. Era o dele. Minha lembrança guarda o abraço que ele me deu naquele dia, quando saiu para o trabalho e de lá iria para a escola. Não retornou à noite e nem no outro dia. Senti o luto antecipado. No trabalho dizem que ele não chegou e na escola nunca mais foi visto. Nas lembranças que tenho do último abraço, vejo a imagem dele se aproximando de mim. Consigo me lembrar de todos os movimentos daquela hora. Nossos braços abertos para o acolhimento mútuo. Nossos abraços nos abraçando. A partir desses gestos, não consigo recordar mais nada. Não me lembro do gesto da separação. É como se o corpo dele tivesse diluído no ar. Mas eu espero todos os três e sei que eles vêm. Como bons filhos eles retornam sempre. E eu, Mater Dolorosa, aguardo e guardo meus guris.

Fios de ouro

Quando Halima, a suave, desembarcou nas águas marítimas brasileiras, em 1852, a idade dela era de 12 anos. Da aldeia dela parece que só Halima sobreviveu em um tempo de viagem que durou quase dois meses. Das lembranças da travessia, Halima conseguia falar pouco. Séculos depois, pedaços de relatos viriam compor uma memória esgarçada, que seus descendentes recontam como histórias de família. E eu que chamo Halima, trago em meu nome, a lembrança daquela que na linhagem familiar materna, foi a mãe de minha tataravó. Assim reconto a história de Halima:

Halima em solo africano, lugar impreciso por falta de informações históricas, portanto vazios de nossa história e de nossa memória, pertencia a um clã, em que um dos signos da beleza de um corpo era o cabelo. A arte de tecer cabelos era exercida por mulheres mais velhas que imprimiam aos penteados as regras sociais do grupo. Na urdidura dos fios, no cruzamento ou distanciamento de uma trança com a outra, o indício do lugar social da pessoa, e no caso das mulheres, a indicação se ela era casada, viúva, se tinha filhos... Estilos diferentes estavam reservados às mulheres mais velhas, às jovens e às meninas na puberdade. Foi com a sua vasta cabeleira enfeitada por pequenas conchinhas, indicativa de sua condição púbere, que Halima foi embarcada em um negreiro rumo ao Brasil. Ao ser desembarcada, apesar de sua magreza foi logo posta à venda, mas, antes, sua cabeça foi raspada, indicando a sua nova condição: a de peça para ser vendida no comércio da escravidão. Assim a vida seguiu. Halima escravizada em trabalhos de plantio e de colheita. Escravizada como brinquedo das crianças da casa-grande, como corpo para o trabalho, para o prazer e para a reprodução de novos corpos escravos. Halima eleita como mãe-preta na casa-grande. Halima tendo sempre o cabelo cortado, a mando dos que se faziam donos dela e de outros corpos escravizados. Mas, anos depois, a casa-grande deixou de se importar com Halima. Esqueceram-se dela, que pouco aguentava trabalhar. E foi nesse momento que tudo se deu. Um dia Halima acordou e viu seus cabelos surgirem imensos, tão imensos que ela pisava sobre eles. Foi como se todos os fios perdidos (cortados à força) ao longo da vida de Halima, procurassem a dona deles, a cabeça à qual eles pertenciam, e viessem novamente para o lugar original, o lugar de nascença. E Halima, a suave, apesar de tantas dores acumuladas, desde criança nos porões dos tumbeiros, mais se suavizou. E passado sete dias dos antigos cabelos de Halima abaixarem descansando na cabeça dela, outra maravilha aconteceu. Os fios começaram a tomar um brilho de ouro. Era tão reluzente a cabeleira dela que feria os olhos de quem a contemplava repentinamente. Era preciso ir olhando pouco a pouco. A notícia correu, era um comentário só, da senzala à casa-grande. De uma fazenda a outra. A negra Halima tinha os cabelos cor de ouro, pareciam mesmo preciosos. O tempo foi passando, o espanto e a curiosidade em torno da aurífera cabeleira foram diminuindo e quase caindo no esquecimento. Havia um segredo que só Halima sabia. Seus cabelos não pareciam ser de ouro, eram de ouro. Ainda pequena, antes do embarque, seu destino havia sido vaticinado. De tempos em tempos, uma pessoa do clã de Halima nascia com cabelos de ouro, que só apareceriam depois de longo tempo de maturação da pessoa, quando o tempo começasse a lhe oferecer a dádiva do sábio envelhecimento. Por isso, ela não se desesperava toda vez que os agressores lhe cortavam os cabelos. O ouro nasceria um dia, no tempo exato, no corpo amadurecido dela. Aos poucos, para não despertar a maldade e a cobiça, depois de comprar a sua própria liberdade, Halima, a suave, foi comprando a carta de alforria de mulheres, de homens e de crianças que, escravizados como ela, viviam sob o jugo das feras. Tempos depois, abaixo da Serra da Lua Nova e perto da nascente do Rio do Ouro, lá, Halima e sua enorme comitiva edificou uma das fazendas mais produtivas do estado. A fazenda que foi denominada "Fazenda Ouro dos Pretos", continua fertilizando a descendência de Halima até hoje. E, eu, Halima, herdeira dela, em um tempo bastante distante, já sinto a profecia, segundo as outras mais velhas, cantada em meu nascimento se realizando. Desde ontem, meus cabelos que já estavam totalmente brancos, fios esparsos na frente começam a brilhar em ouro e, bem ali, na altura da moleira, onde se localiza o sopro da vida, um chumaço de fios áureos desponta no alto de minha cabeça.

Mansões

e

puxadinhos

Do alto do morro, os moradores tinham uma visão privilegiada de uma parte da cidade. O mar brincava que brincava lá em baixo. Suas águas se apresentavam, pela distância, tão serenas, que, para alguém que não conhecia a geografia da cidade, essa pessoa poderia pensar para o mar, lagoa. Mansões ali erguidas abrigavam luxuosamente famílias com histórias de poder e abuso em seus currículos. Uma imensa floresta, falsamente em preservação, esverdeava a área em torno. Porém, apesar do verde que se espalhava morro acima, um cheiro fétido contaminava o ar, em determinadas ocasiões. Sem oferecer qualquer previsão e aviso, o tempo malcheiroso chegava com um odor maléfico desconsertando a todos. Festas foram muitas vezes interrompidas, pois os convidados, apesar das regras de etiqueta, se retiravam antes mesmo dos banquetes serem servidos, em estado de quase sufocamento pela podridão do ar. Conta-se que, certa ocasião, a Sra. Cálida Palmital Viamontes e seu esposo, o Sr. Viamontes, ao sofrerem um vergonhoso fracasso de um banquete esvaziado pelo fedor, decretaram, eles mesmos, o fim da vida. Os dois, sete dias depois da abortada festa apareceram enforcados no próprio quarto do casal. A mulher em cima da cama e o homem embaixo. Cogitou-se que eles poderiam ter sido vítimas de um crime. Entretanto, as investigações concluíram que o casal Viamontes não tinha inimigos políticos (nem religiosos), estava em esplêndido estado econômico-financeiro, tinha uma vida moral exemplar, a mansão tinha um infalível sistema de segurança e não havia nenhuma população suspeita no entorno. Os vizinhos eram todos "pessoas de bem".

Depois do episódio Viamontes, os nababos ali residentes decidiram empreender uma profunda pesquisa sobre as causas do fétido ar que volta e meia acometia a região. Primeiramente, amostras da terra, das plantas e das águas nascentes das montanhas no entorno foram enviadas aos Estados Unidos para serem analisadas. Concluídos os estudos dos materiais, chegou-se à conclusão de que a podridão do ar não era causada por nenhum dos elementos pesquisados. Desconfiados da competência americana, foram chamados cientistas europeus para investigar no próprio local; a conclusão foi a mesma. O ar irrespirável pelo insuportável odor não tinha nenhuma ligação com a natureza do entorno. Cientistas indianos e outros provindos de culturas orientais, foram cogitados para tais pesquisas; quanto aos africanos nenhum foi chamado.

Um dia, não se sabe como, um emigrante vindo de uma região bastante pobre do país, morador na grande cidade, olhou, cá de baixo, a área verdejante lá em cima e uma dor aguda bateu em seu peito. Saudades do lugar natal, de sua terra de nascença. Ali extasiado compôs mil canções do exílio. Ele, filho sem pátria, dentro da própria pátria.

O homem só via e sentia o verde, as mansões não apareceram em sua visão. E no outro dia, sem saber se poderia ou não, subiu morro e mais morro a pé, sondou a área, respirou o ar fresco e decidiu que moraria ali. Meses depois apareceu o primeiro barraquinho no lugar proibido para ele e que ele nem sabia. Era tão pequeno o minúsculo cômodo perdido no meio das árvores, que os vizinhos das residências chamadas nobres, não perceberam. Geraldo Guilhermino falou do território achado para seu primo Pablo Guilhermino, que falou para a irmã Plácida Guilhermina, que falou para mais 21 membros da família. No final de um ano e meio, mais de 83 pessoas moravam em meio à natureza tão pródiga. Os novos habitantes da região quando chegavam construíam um único cômodo, e aos poucos iam erguendo seus puxadinhos. E de puxadinho a puxadinho, foram se aproximando da área dos primeiros invasores da natureza, que tinham mandado construir suas aristocráticas moradias, havia décadas. Em três anos, uma explosão demográfica, já podia ser adivinhada no morro "Das Asas de Anjo", um dos cartões postais mais bonitos da cidade.

E, como o belo é de pertença de todos, os novos habitantes de lá de cima também se quedavam olhando o mar lá em baixo. Nesse contemplar viviam vários sentimentos. Saudades de um mar que tinham deixado para trás, nas terras de seus nascimentos, saudades dos rios que aguavam os territórios de suas infâncias e apagavam os vestígios dos primeiros gozos tidos, escondidos dos mais velhos da família, saudades de uma terra em que o mar caberia, se Deus assim o quisesse... E muitos experimentavam um inexplicável sentimento. Uma espécie de dor antiga, milenar talvez. Uma atração, um angustiante desejo de navegar, de se jogar em águas distantes, não aquelas que podiam ser contempladas no novo território, no momento presente, mas outras experimentadas em vidas passadas. Nesses, a contemplação do mar provocava um sentimento tal como o banzo.

E assim viviam os habitantes "Das Asas de Anjo", um povo ignorando o outro. Entre as mansões e os puxadinhos nenhuma relação de vizinhança, embora muitos dos que habitavam as casinhas especialmente as mulheres, trabalhassem nas mansões imponentes do lugar. Os homens, muitos também. Eram os jardineiros, os porteiros, os motoristas e os seguranças das casas ao lado. Havia também os office-boys, pequenos aprendizes, que experimentavam seus primeiros empregos nas empresas comandadas pelos moradores das grandiosas moradias da área. Entretanto, essas pessoas nunca se cruzavam fora do trabalho, cada qual seguia seu rumo sem tomar conhecimento umas das outras, cada qual vivia em seu quadrado. Um dia, porém, uma situação provocou o encontro/desencontro entre elas. Assim tudo se deu:

Depois de alguns dias em dormência, a exalação malcheirosa irrompeu repentinamente o ar e veio acrescida de outro elemento, uma pesada nuvem de fumaça. E com o passar de uns poucos dias, a nuvem dançando no ar, se tornou tão espessa, que encobriu a visão de todos para a paisagem lá embaixo. Desespero total. Agora não se tratava somente do incômodo causado pelo fétido cheiro, havia o pior, a ausência da água nos olhos, como se o espaço plano, lá em baixo, fosse apenas um deserto só. Os das mansões mobilizaram repórteres, políticos, cientistas (mais uma vez), na vã tentativa de parar o acontecido. Os dos puxadinhos movimentaram seus santos, suas orações de fé, seus temores diante do inexplicável e a certeza de que alguma coisa precisava ser feita. Não poderiam ficar esperando nada de ninguém, pois, se ficassem, morreriam à míngua de uma beleza que eles haviam construído o direito de apreciar. Enquanto isso, os habitantes da mansão, com ajuda dos cientistas (fedologistas, fumagiologistas e outros gistas) chegavam à conclusão de que algo estranho empesteava o ar. E resolveram contratar pessoas para explorarem a área. Porém, como eles já haviam gasto verbas e mais verbas com os cientistas, decidiram usar os trabalhadores locais, aqueles que já tinham funções junto a eles. A ordem foi dada, que saíssem todos e vasculhassem toda a mata. Os dos puxadinhos, perplexos e temerosos, descobriram então quem era vizinho de quem. E antes mesmo de chegarem à metade da expedição recuaram e informaram aos das mansões que não tinham encontrado nada, a não ser a moradia deles próprios. A guerra então foi declarada e a culpa imputada à população dos puxadinhos. Esses, temerosos com a ameaça constante de que seriam mandados embora da área, pois havia algo de podre no ar, mesmo com a convicção de que não eram eles os culpados, foram tomados pela síndrome da assepsia compulsória (SAC). Vítimas então de um estado de espírito, um misto de medo e de culpabilidade, apesar de serem inocentes, passaram a lavar exageradamente, noite e dia, seus puxadinhos, seus corpos e seus pertences. Os das mansões continuaram a insistir em seus novos motivos de reclamações. Diziam que uma torrente de águas fétidas descia das casas dos indesejáveis moradores dos puxadinhos. E assim foi durante anos. Um dia, porém, as mansões e seus habitantes foram soterrados pelas espumas que desciam do banhar das pessoas e coisas dos puxadinhos, enquanto esses, deslizando nas próprias espumas, como crianças brincando em terreno escorregadio, caíram direto no mar. Dizem que foi um momento de rara beleza quando as espumas das águas dos puxadinhos se confluíram com as espumas das águas do mar. E dizem mais ainda. Dizem que os moradores dos puxadinhos, até hoje, de dia brincam no mar e de noite voltam para o morro. E de lá de cima, quando o sol cansado, como eles, começa se esconder para o preparo de um novo dia, canções e passos ritmados são ouvidos. São eles cantando e dançando diante da visão das longínquas águas marítimas. Águas que, vistas de longe, pode-se supor para elas, lagoa, tal é a aparente calmaria.

Sabela

Quando no céu retumbaram trovões, gritos rasgados da boca do tempo, as vozes do alto foram repetidas desde lá de dentro das entranhas da terra. Os buracos terrestres, mesmos os bem-bem pequenos, como os minúsculos orifícios por onde penetram as menores formigas, até as crateras de onde jorram os vômitos dos vulcões, todos copiaram os gritos celestes. Todas as inimagináveis frinchas do chão manifestaram-se com um longo e profundo som. Todas as fendas do solo bradaram violentamente, inclusive a maior, a guardadora das imensas águas, o mar. Repito. Todos os buracos terrestres devolveram aos céus, em forma de eco, os brados roucos e lancinantes que se despendiam das nuvens. Tudo foi um só abalo, um transtorno só. Céu e terra como se tudo fosse uma única matéria em rebuliço. Eu lembro que, naquela tarde, os sons mais baixos provinham das vozes humanas em gritaria. Os cães ladravam em uníssono, misturando confusamente seus lamentos aos finos e irritadiços miados dos gatos. Os bichos de dois pés emitiam trinados, que de tão estridentes rachavam os bicos. Olhei Sabela, Mamãe tinha a expressão toda úmida. De sua roupa ensopada a água escorria. Lá fora a chuva nem começara ainda. Era sempre assim. O corpo de minha Mãe dava sinal do tempo. Em épocas de seca, ele também emitia avisos. A saliva ia rareando em sua boca e sua língua ficava fina, finíssima como uma folha desidratada. Durante quase todo o estio ela guardava silêncio, tornava-se meio muda. E quando ensaiava proferir alguma palavra, um hálito quente, incandescente, por mais que ela guardasse distância do interlocutor, se fazia sentir por todos. E naquele dia, apesar do tempo ser de seca, o corpo de Mamãe anunciava chuva. A nossa casa amanhecera dando sinais de alagamentos futuros. Acordei escutando e sentindo movimentos de enxurrada por debaixo de nossa cama, nada se esparramava, porém. Eu, a menor de onze irmãs, dormia com Sabela e amanheci tão molhada quanto minha Mãe. Lá fora, entretanto, tudo seco. Menina ainda, eu testemunhava toda a sabedoria que Mamãe guardava no corpo. Na cidade onde morávamos, as pessoas, principalmente os adultos letrados custaram a perceber ou aceitar o corpo sábio de Sabela. Um prefeito houve que, implicando com Mamãe, queria que ela fosse embora dali. Para ele, "aquela mulher" (era assim que o homem se referia a ela) trazia desgraça. Anos mais tarde, eu soube do motivo da implicância dele com Sabela. Ele queria que Mamãe adivinhasse o enredo da vida dele, mas só a dele e a de mais ninguém.

Ora, no dia em que o céu despencou sobre a cidade, como se fosse o teto de uma casa abatendo-se sobre os seus moradores, Sabela se sentiu responsável pelo que havia acontecido. Naquela manhã o corpo de Mamãe porejava chuva. Ela mandou um aviso para o prefeito e ficou alerta. Tinha quase três anos que não chovia. Havia crianças que não conheciam as águas que vinham do céu. E, por nunca terem vivido as chuvas, ao perceberem a movimentação que vinha do alto, perderam a memória de toda e qualquer fala que haviam construído antes. Emudeceram-se para sempre, tamanho foi o susto sofrido. Mais tarde, esses sobreviventes, nem com gestos, conseguiam exprimir a experiência do dilúvio que tinham vivido, em idade tão pequena.

Tendo Sabela mandado avisar ao prefeito que as águas chegariam, o homem ordenou à imprensa falada, lida e assistida que instruísse a todos como deveriam agir. Ninguém deveria sair de casa, uma descontrolada chuva estava para acontecer. Ao reforçar a ordem de que todos deveriam se aprontar do máximo de cuidados, um repórter ousou perguntar sobre o que deveriam fazer os moradores ribeirinhos, assim como aqueles que moravam nas encostas do morro. A eles foi aconselhado que não ficassem sozinhos em suas residências, que se ajuntassem o mais possível em casa uns dos outros. E antes mesmo que brutalmente as águas chovessem, o prefeito decretou estado de calamidade pública na cidade.

Eu lembro de que Sabela, mesmo acostumada a lidar com todos os mistérios, os da natureza-natureza, os da natureza humana e os da natureza divina, me pareceu um pouco assustada. De vez em quando, ela suspendia o colchão e pelas gretas das tábuas do estrado, que compunha a nossa cama, via a enxurrada que nascia e ali mesmo morria. Eram tantas águas, que só aquela torrente caseira, caso Sabela quisesse abrir as portas de nossa íntima comporta doméstica, inundaria o mundo. Vendo as águas prenunciadoras de um novo dilúvio, desta vez sem a arca e o seu comandante, Mamãe buscava salvar o mundo. De uma pequena sacola de pano, ela tirava alguns galhos bentos, serventia santa para aquela hora.

Todos os anos, Sabela acompanhava o ritual católico do Domingo de Ramos e sabia que as ramagens sagradas, balançadas de dentro para fora da casa, ou queimadas em algum cantinho, eram capazes de aplacar a cólera da chuva. Sei que naquele dia, Mamãe várias vezes incinerou os galhinhos secos balbuciando rezas a Jesus, Rei dos Judeus, clamando também por Santa Bárbara, a mártir católica. Santa que foi degolada pelo próprio pai, e que foi vingada pela natureza. O pai parricida, no momento exato em que a cabeça da filha rolou por terra, recebeu o castigo dos céus. Um relâmpago cortou furiosamente o espaço celeste e o homem caiu fulminado por um raio. E, por entre clamores a Cristo e a Santa Bárbara, aos poucos a voz de Mamãe ia alteando e por contágio a nossa, a de minhas irmãs e a minha. Não sei em que momento exato, o tom de nossa oração mudava. Uma fé engrandecida saltava de nossas preces, que se estendiam a outras regiões divinas. E então o nosso clamor terminava em canto e dança. Entoávamos cantigas para Iansã, pois é ela quem comanda os ventos, os raios, as tempestades e poderia, caso quisesse, aplacar o furor das águas que ameaçava a cidade.

Como eu dizia, Mamãe, íntima de todas as dobras da vida, também se mostrou assustada com a brutalidade da chuva que viria agredir a terra. Fiquei observando os modos dela. Via pedaços de medo em sua face, mas que logo desapareciam, e seu rosto, então ganhava o ar tranquilo, de quem tem plena convivência com os profundos segredos da vida e da morte.

Sabela, desde pequena, era sábia. Tanta sapiência, para quem tinha pouco tempo de vida no mundo, fez com que a sua sabedoria fosse entendida como coisas de menina bruxa. Tal crença lavrou uma sentença para Sabela. Os grandes da época decidiram que ela deveria ser queimada viva. E tudo foi preparado. Amarraram Sabela menina em uma árvore, bem no centro da cidade. Seu corpo, suas vestes foram embebidos em um tipo de líquido sedutor de fogo. Em todos ardia o desejo de ver a menina se transformar em brasa. Na hora do evento, se reuniram em volta dela; ninguém, porém, teve a coragem de atirar a primeira fagulha. Decidiram, então, outra punição para a menina. A morte por afogamento. Ela deveria ser lançada no fundo do rio. Da morte pelo sufoco das águas, os mais velhos ficaram encarregados. Seriam eles os algozes. Justo eles que pediam pela vida de Sabela, pois sabiam que o mundo sem ela seria o vácuo, o buraco branco do desconhecimento. E então os anciões, herdeiros dos milenares tempos, com as barbas brancas luzindo, em contraste com a tez de seus rostos, em aconchego se aproximaram de Sabela. E cada qual, emaranhando os fios de suas barbas nas barbas do outro, juntos eles teceram um grande casulo em forma de um útero e ali guardaram a menina para que ela acabasse de crescer. Quando ela caiu no esquecimento de todos, os homens-mães puderam expelir Sabela do fundo de suas barbas. E depois, então, inebriados, quedaram-se por terra entoando canções de bendizer. Felizes entregavam-se à invisibilidade dos olhos dos que estão vivos, regressando para o lugar de onde vieram. Voltaram felizes dizendo que tinham cumprido o maior feito da vida deles. Tinham se assemelhado às mulheres, guardando a vida de outra pessoa dentro deles.

O nascimento de Sabela do fundo do casulo, tecido com os pelos do rosto dos velhos, foi o segundo surgimento da vida de Mamãe. O primeiro foi quando ela nasceu do parto de Vovó Sabela. A arrebentação de Mamãe do interior da mãe dela tinha vivificado um rio. Assim tudo se deu.

Quando Vovó sentiu que a filha nadava dentro dela procurando o caminho de saída, se encaminhou para o leito de um rio que estava vazio havia anos e anos. Chuva alguma havia conseguido ressuscitar as águas daquele vale. Mas, quando as águas do parto começaram a vazar do meio das coxas de Vovó, antes mesmo de Sabela ser expelida, o rio começou a encher. E o sulco da terra, antes seco e cheio de rachadura plenificou-se com uma água avermelhada, lembradiça a sangue. Após esse acontecimento, as mulheres do lugar, que antes haviam se tornado estéreis, começaram novamente a engravidar quando se banhavam nas águas do rio. E voltavam depois à beira do rio, para cumprir as alegrias do parto, misturando seus líquidos à liquidez vazante da correnteza. A partir do nascimento de Mamãe, Vovó Sabela, uma mulher comum, passou a ser reverenciada por todos do lugar. Ela havia livrado a cidade de morrer à míngua de pessoas, pois, antes mulher alguma paria mais. Os homens cabisbaixos perguntavam uns aos outros se o sumo que eles expeliam havia perdido a potência da vida. Eles se sentiam humilhados, enquanto as mulheres experimentavam um misto de tristeza e culpa pelo mundo estar acabando a partir delas. Entretanto, com o nascimento de Sabela, tudo havia mudado. O único hospital do lugar não suportava mais tantas parturientes. Foi por tanta criança vindo ao mundo, que as mulheres mais velhas, aquelas que não desejavam mais filhos, vindos de dentro delas, aprenderam um novo ofício. Com a destreza de quem faz o que viveu antes, ajudavam as mais novas, marinheiras de primeira viagem, a abrir as pernas nas margens do rio. Ali as novas mamães deixavam seus rebentos escorregarem encantados e assustados para o mundo. Tudo era feito nas margens do rio, e o neném era banhado, pela primeira vez, nas correntezas milagrosas, fecundas pelas águas e pelo sangue de Vovó Sabela. O rio seguia fertilizando mais e mais, mas só Sabela, só Mamãe, nascera dentro do rio. Por alguns anos, até a menina Sabela ser apontada como bruxa, Vovó Sabela viveu venerada por todos. A deferência para com Vovó era tão grande, que algumas pessoas influentes do lugar começaram a perguntar sobre as origens dela. Achavam que o sentimento de respeito com o qual a reverenciavam, deveria ser extensivo à mãe dela e a todos os seus mais antigos e primeiros parentes. Começaram então a buscar o passado de Vovó. Queriam saber como o povo de Sabela havia chegado até ali. Afinal se tratava de descobrir, de estudar as quase-origens do lugar. Levantamentos parecidos já haviam sido feitos com algumas famílias tradicionais da cidade. Os lindorgalienses tinham vindo de uma localidade chamada Lindorgália; os beneventes de Benevuta; os darlinguenses de Darling; os goldenses de Gold. Mas uma dúvida se instalou quanto ao lugar de origem de Vovó e não foi resolvida até hoje. Conseguiu-se saber que Vovó Sabela, era filha de outra Sabela, que por sua vez era descendente de uma anterior Sabela, que havia chegado ali pequenininha. As ancestrais de Sabela haviam nascido em algum lugar, uma terra que poderia ser: Mambela, Zimbela, Kumbela, Umbela... As pesquisas foram interrompidas neste ponto. Souberam apenas que as mulheres antecessoras de Sabela, assim como os homens, isto é, todo o povo predecessor de Vovó tinha vindo de longe, muito longe. Povos que tinham vindo pelos caminhos das águas. Corria a história de que as águas salgadas do mar, no momento em que esses povos, por vários motivos, faziam uma forçada travessia, gemiam sons dolorosos, como se fossem humanos lamentos.

Como eu estava a dizer antes, Vovó Sabela, querida por todos, por ter fertilizado a cidade, dormiu com as portas e janelas abertas durante vários anos. Inimigo algum não era nem sombra. Vovó quieta em sua casa cuidando da filha que crescia. Vovó sem nada pedir ao lugar, sem se expor, sem se pronunciar na sua importância. Vovó Sabela e Mamãe, ainda menina, não tinham o que pedir aos homens. Autônomas faziam o que queriam.

Na periferia da cidade, em que viviam Vovó Sabela e Mamãe, havia um povo que era esquecido por todos. Eram os palavís. Povos que, desde sempre, habitavam, não só, aquele sítio mas todo o território. Eram os povos primeiros. Porém, com a chegada dos lindorgalienses, dos benevutos e de outros, os palavís foram se confinando cada vez mais nas terras que margeavam a cidade. Vovó os visitava amiúde e era sempre bem recebida por eles. E quando anos mais tarde, ela precisou de abrigo devido à filha ter sido acusada de menina bruxa, foi lá junto ao povo palaví que Vovó encontrou guarida. Na época, os censores da cidade vigiavam Vovó noite e dia. Toda a cidade, não podendo tocar em Sabela-menina, tesouro resguardado pelos velhos, voltou a sua fúria contra a mãe dela, esquecendo a dádiva que Vovó tinha deixado no rio. Mas como Vovó pôde chegar à aldeia? Uma rede tecida por mil mãos pode prender um leão... E foi o que aconteceu. A ajuda veio das mulheres, aquelas que reencontraram a fecundidade, ao se banharem no leito do rio alimentado pelas águas amnióticas de Vovó Sabela. Essas mulheres tomaram, cada qual, um de seus próprios olhos, o mais enxergador, colocando no corpo de Vovó, para que ela se tornasse a mulher de mil olhos. Assim ela poderia ver tudo, até a essência do invisível. E Vovó, com os seus próprios olhos, mais os das outras, espalhados por todo o corpo, via o tudo e o nada. E, em pouco tempo, venceu o espaço que separava a casa dela da aldeia dos palavís. Seu olhar, chama incandescente, força coletiva das outras mulheres, queimava todo inimigo que atentava contra ela, pelos caminhos. Foi desse jeito a retirada de Vovó Sabela. Dizem que os olhos da planta dos pés de Vovó conferiram ao corpo dela a mesma ligeireza de quem possui asas, enquanto os que estavam colados no céu de sua boca despertavam sons melodiosos que dormiam nas entranhas do corpo dela e das profundezas da terra. Por isso Vovó fugia e cantava. Um canto sem palavras exatas. Vocalizações, que emergiam de todo o seu corpo, foram o sustento de sua viagem.

Enquanto as águas diluviais tombavam, Sabela, além, das rezas cantadas de palavras ditas, vocalizava lamentosos sons tentando aplacar a fúria da chuva e dos ventos. Tudo era doce quando Mamãe cantava, e qualquer um dos meus temores esvanecia. Sua voz parecia rearrumar o meu mundo, secando o medo que me escorria dos olhos. E, naquele dia, eu esperava, confiante de que tudo iria se acertar. Sabela cantou vozes feitas de falas compreensíveis, vozes compostas de sons gemidos e de choros. Mamãe fez tudo que podia e a chuva o que não. Era um aguaceiro, um aguaceiro, um aguaceiro...

Obedecendo à sugestão do senhor prefeito, as populações ribeirinhas e a das encostas dos morros se ajuntaram abraçando o desconforto. Todo mundo foi para a casa de todo mundo desesperada e desordenadamente. Casas houve que ficaram cheias do nada, cheias de ninguém, outras implodiram por conta mesmo do desamparo, da impotência, da solidão aglomerada de tanta gente. E as casas que ruíram foram justamente as que estavam cheias. O medo coletivo enfraquecia mais ainda o que já era fraco. E o que forte intencionava ser, tinha a sua potência amainada, pela pouca coragem de muitos que esvaziava até o total a fortaleza de poucos.

Não só a população em área de risco foi levada pela correnteza. Casarões, clubes, igreja, delegacia, o quartel e o observatório de meteorologia local, tudo desabou. A casa ultramoderna do prefeito começou a incendiar-se por dentro. Fios queimados geravam uma fumaça poluente que marcava caminho entre a chuva. Um homem morreu eletrocutado por um raio, quando tentava desligar o gerador da casa do político-mor da cidade. O corpo dele ficou vertendo sangue por todos os poros e outros orifícios da pele. Mais tarde, dias depois, quando o cadáver foi enterrado, o chão, que abrigou o morto, ficou energizado para sempre. Fato que levou o administrador do cemitério a isolar uma grande extensão de terra em derredor da cova do homem.

Em meio a corpos de todos os tamanhos, cor, sexo, condição social e idade, nadavam, também vertiginosamente, cofres arrancados dos bancos que desminlinguiam feito caixas velhas de papelão. Na enxurrada, dinheiro e documentos escapavam como água escorrendo por entre os dedos. Parecia-me que só Sabela continuava intacta. Ela e nós, a sua extensão. Mas houve outras pessoas que se salvaram. Madrepia foi uma delas. Não só se salvou como também conservou o seu lavabo de porcelana.

Madrepia era uma mulher da casa dos beneventes, um dos povos que chegara havia séculos àquela região. Tinham vindo expulsos pelas guerras que aconteciam também há séculos na antiga terra deles, a famosa Benevuta. Lá acontecia litígio por tudo, viviam para brigar. Quando as questões não aconteciam no próprio solo, os beneventes se metiam nas brigas alheias das terras vizinhas ou mesmo distantes. Povo feito para matar ou morrer. Entretanto, nem todos os beneventes compraziam-se com a guerra, muitos deles buscavam um lugar de paz e se enveredavam pelo mundo, sonhando encontrar o paraíso terreno. Porém, aonde chegavam muitas vezes esqueciam que estavam em missão de paz, pelo menos em desejo. E, vítimas talvez de um vício antigo, acabavam fomentando algum distúrbio por onde passavam. Foram eles, os beneventes, que começaram a difundir a ideia de que os palavís deveriam abandonar o território para quem quisesse. Segundo eles, os primeiros donos do território, os palavís, não sabiam cuidar da terra, plantavam pouco e desprezavam as riquezas internas do solo. E, tanto falaram, tanto fizeram contra os naturais da terra, que todos os outros povos que chegaram, traçaram seus planos de ocupação do lugar, baseados nas informações dadas pelos beneventes.

Ora, Madrepia Beneventes, linhagem desse povo amante de guerra e de mando, era descuidada da competência e do sentimento bélico de seu grupo. Ela queria saber só de viver. Morrer e matar nunca. E tanto buscou pela vida em paz, que foi acusada de traição pela família, sendo expulsa de casa, ainda moça, muito jovem. Além da roupa que ela trazia no corpo, lhe deram uma bacia de porcelana, que era o seu lavabo. Madrepia andava com ele por todos os lados. Um dia não se sabe como, uma enorme cobra apareceu e fez do lavabo da moça a sua moradia. Às vezes esse único objeto de sua pertença lhe fugia das mãos, espatifando-se por terra. A cobra se arrastava entre os cacos e enroscada sobre si mesma esperava a recomposição de sua casa. Calmamente a moça reunia todos os pedaços como se fosse um jogo, um quebra-cabeça de vida-encaixe e refazia por inteiro a peça. A cada refazer, o lavabo ressurgia cada vez mais novo, como no dia da grande chuva. Dos beneventes só escapou Madrepia. Foi o seu lavabo de porcelana, o olmo protetor de seu corpo. Abrigada por ele, que como um guarda-chuva abriu-se sobre ela, a mulher assistiu aos desatinos do tempo, sozinha. Porta alguma abriu para acolhê-la, nem a de Sabela, pois lá Madrepia não bateu. O porquê, não sei, pois de vez em quando, as duas se encontravam pela cidade e mesmo sem se falarem, trocavam longos e profundos sorrisos. Horas depois, quando as águas suavizaram, Madrepia vagando com a sua porcelana pelos escombros da cidade, pôde continuar dormindo ainda por muito tempo com a velha Cobra Serena, a sua única companhia. O réptil toda noite, quando a mulher ia lavar o rosto, assim como todas as faces de seu corpo, surgia do fundo do lavabo adentrando vagarosamente o corpo de Madrepia. E depois de se ter alojado dentro dela, ficava ali aninhado no coração da mulher, para aliviá-la da solidão e das saudades, que apesar de tudo ela sofria dos seus. Pia dormia então com resmungos felizes na boca.

Estar com Mamãe era estar salva, assim vivia eu, embora alguns ou muitos jogassem sobre ela a culpa de tudo. Sabela era o prumo de meu mundo. Não só do meu, pois foi ela que, entregando o Menino Rouxinol para a mãe dele, fez com que todos acolhessem a voz da criança.

Menino Rouxinol foi também um daqueles que sobreviveu à catástrofe do derramamento de tantas águas sobre nós. Não só suportou a inundação, como foi um dos poucos capazes de relatar parte do evento. Ele não emudeceu como os outros pequenos de sua idade, que ao provarem no corpo, por dentro e por fora, o gosto pesado da chuva, pelo susto, perderam o dom da palavra. Rouxinol escapou-se da chuva e do esquecimento. Com detalhes narrava cantando o acontecido. Quem ouvia o seu contar-cantar muito se admirava. Ele, que era tão miúdo na época, guardara pormenores daquele dia, tantos e tantos anos depois. E mais admiração causava, por ser ele, justamente, o Rouxinol, o menino de voz fanhosa e do choro silente. O menino, que, novo ainda, aprendera a engolir o pranto, ao ter a boca amordaçada pela própria mãe, que não suportava ouvir a voz do filho. Ele, criança mortificada em sua tagarelice de pequeno, pois todos que dele se aproximavam desejavam ser surdos para não ouvir qualquer balbucio que dele partisse. Ele, Rouxinol, o menino de lábios dilacerados. O da boca marcada por uma fenda que nascia bem abaixo de sua narina esquerda e terminava no final do queixo, do lado direito de seu rosto. Fissura que mostrava uma gengiva mal-acabada de dentes falhos, minúsculos e tortos. Rouxinol, criança que, ao soltar seus primeiros balbucios, foi acusado de possuir uma fala que provinha de um mal contagioso que morava em suas entranhas. Por isso fora condenado à morte. Diziam que era preciso acabar com Rouxinol, para que nunca mais surgisse dentre eles alguém tão sem boca, tão sem lábios, tão sem fala compreensível. A mãe do menino concordou. Não era aquele rosto à sua semelhança de deusa mãe. Em seus desejos, não era aquele filho que ela havia gerado. No dia em que foi decretado o silêncio da morte para o menino, as opiniões se dividiram. Se ele fosse do mal, deveria morrer, mas, se do bem, viver. A mãe ora queria a morte, ora a vida. E enquanto estava ela no sofrer da indecisão da escolha, o menino, adivinhando o seu não futuro e amordaçado pelo medo, pranteava somente para dentro. Foi aí que Sabela surgiu. Ela, comadre da outra, tomou o afilhado em seus braços e beijou carinhosamente os lábios dilacerados do menino. Em seguida, entregou o filho que ia ser sacrificado à mater-dolorosa. E não houve, então, suplício algum. Nem cálice de fel, nem derramamento de sangue, nem via-sacra, nem fardo, nem cruz. A mãe de Rouxinol reconduziu ao peito, aquele que nascera com os lábios partidos, guardando-o todo dentro de si. E ainda reconheceu o seu rebento como o mais lindo, o mais perfeito entre os perfeitos. O menino pôde então, desse dia em diante, soltar a voz cantando o deslumbramento da fala. Pôde chorar, gritar, assoviar por entre os lábios rasgados, sem que ninguém desejasse tapar os ouvidos, ao escutar a sonoridade diferenciada da voz dele, ou costurar os próprios olhos, para não se ver face a face com o menino. Daquele dia em diante, Rouxinol que estava aprendendo a falar, cada vez mais se capacitou na nomeação do visível e do invisível do mundo. E quando muitos queriam descansar do silêncio, era ele que lhes trazia a lembrança do falar, da palavra que laça, enlaça e desenlaça os homens.

A chuva irrompeu sobre nós como uma traiçoeira declaração de guerra. Ato covarde de um inimigo que mal se anuncia, mas que, entretanto, avança, não permitindo ao outro nem tempo de adivinhar a aproximação da morte. No entanto, Sabela avisou, Sabela avisou! Parece-me que o maior sofrimento de Mamãe, foi pelo fato de seu aviso ter sido de tão pouca valia.

Recebendo sem pedir uma chuva de tantas águas, foram muitos os que escolheram a morte, sem esperança de milagre algum. Para eles não havia salvação, ou melhor, havia a redenção pela morte. Esses entre o medo e o prazer abandonavam seus abrigos e se lançavam nas enxurradas que borbulhavam lixo, restos de casas, objetos não identificáveis, animais, corpos humanos esfacelados, corações partidos como os deles.

Houve ainda quem acreditasse estar empreendendo a viagem de volta. Esses arrancavam todas as vestes do corpo, tanto os adultos como as crianças, e se davam às águas. Era como se quisessem apagar qualquer lembrança do território em que estavam vivendo até então. E entoando canções de júbilo afirmavam, uns aos outros, que estavam prestes a atingir a terra da salvação, pois estavam retornando para a casa materna. Muitos corpos foram localizados depois que as águas escorreram; porém, aqueles pertencentes aos convictos da possibilidade de retorno, não apareceram. Tomaram mesmo o rumo da volta, para ressuscitarem do outro lado, na terra-mãe de origem. Dizem que os descendentes dos povos, que vieram da região em que nasceram os ancestrais de Sabela, foram os que mais se entregaram à alma das águas. Deram-se até a indistinção total, em que tudo se misturou: corpo-chuva, corpo-água, corpo-alma compondo uma matéria só.

Os povos palavís também sorveram a porção das águas da morte naquele dia. Suas frágeis tendas voaram como plumas ao sabor do vento. Nos últimos anos, eles vinham abandonando as antigas técnicas de construção de casas. Andavam debilitados. Bebiam e comiam tudo que lhes era oferecido por qualquer estrangeiro e depois, já com o paladar estragado, não encontravam mais sabor na alimentação tradicional que os tinha nutrido desde sempre. Recusavam-se a se alimentar, morrendo alguns de fome. As crianças palavís fugiam dos seus em busca de doces e de bebidas engarrafadas, vendidas na cidade. As mulheres entoavam constantemente cantos tristonhos, que, segundo Sabela, eram cânticos de elogios à morte. Os palavís, como muitos dos sabelas, parece que tinham perdido o desejo de viver. E, mesmo eles sabendo que uma chuva de muitas águas iria acontecer, nada fizeram para se resguardar. Pouco se importaram quando um dos anciões, o Velho Amorescente, dias antes, ao revolver a terra, encontrou uma pequena pedra, que cabia na palma da mão e que, ao ser espremida, vertia água. Ao ler o sinal das águas no pequeno pedaço de rocha, avisou a todos que Mãe Grande ia chorar muito no céu, e os filhos dela iam se encharcar na terra. Nem a dança pedindo clemência à natureza os palavís dançaram; deixaram a chuva acontecer. Contudo o Velho Amorescente, com sete crianças, suas descendentes e mais outras que ele foi recolhendo das águas se salvaram. Para o Velho e para os pequeninos a salvação veio por intermédio do Pé de Mulungu. Agarrado ao tronco, e tronco sendo para os pequeninos, o Velho conseguiu colocar cada criança, cada miudinho no coração das flores de mulungu. O pé de mulungu com as crianças encaixadas, como se fossem pistilos resguardados para as próximas florações, sobreviveu ao exagerado pranto, que dos olhos de Mãe Grande vazava, inundando a aldeia palaví e outras terras.

As águas ao desabarem do céu não tiveram clemência alguma. Aproveitaram a ausência de pedidos dos homens, a distração de muitos e ignoraram que os indivíduos, naquele momento, estavam mais fracos do que elas. Fecharam os olhos à vulnerabilidade dos que embaixo do céu habitam, rolaram terra abaixo e inundaram tudo. Não houve cratera terrena que suportasse tanto líquido.

Muitos se perderam, mas muitos se encontraram nas e pelas águas. Irisverde foi uma das que se salvou. Resguardada pela vida, saiu ilesa de todas as aberturas cravadas no solo pela violência das águas. Levantou de sua fragilidade e ergueu-se gloriosa, toda revestida de lama. Não só se ergueu, como também puxou para si, para o alto, aqueles que ao seu lado estavam colocando vários corpos de pé. Irisverde, a mulher arredia, a que fugia de todos, foi a que mais agregou pessoas no movimento de salvação. Ela adentrava pelo solo, buscando no fundo da lama, corpos meio vivos, meio mortos, já quase sufocados pelo barro. Várias viagens de ida e volta foram feitas por Irisverde, que retornava sempre cheia de vários corpos.

Íris, a mulher que surgiu da lama para salvar os outros, já havia empreendido várias andanças buscando salvar-se a si própria. Este era um exercício que ela praticava desde criança. Quanto à origem, Irisverde podia pertencer a todos os povos. Alguns diziam que ela era da família dos goldenses, outros afirmavam, entretanto, que seus antepassados foram os primeiros darlinguenses a pisar naquela terra séculos e séculos atrás. Havia os que apontavam a mulher como descendente daqueles que tinham vindo da Lindorgália. Outros apontavam o parentesco dela com Madrepia, isto é, o povo encrenqueiro, que adorava brigas domésticas e também aquelas fora de seus territórios, os beneventes. Havia muitos ainda, muitos, que diziam que a origem de Irisverde estava ligada tanto aos povos palavís como aos de Sabela e ainda aos primeiros invasores das terras dos palavís. Relatos diziam que seus tataravôs ao aportarem nas novas terras, desceram procurando as mulheres do lugar, as nativas. As mulheres palavís foram então dominadas por eles e, tempos depois, eles se apegaram às mulheres Sabelas. Irisverde, portanto, poderia ser um pouco de cada um desses três povos. Mamãe, porém, era quem sabia de algumas passagens da vida de Íris. Durante muito tempo foi Sabela quem cuidou das dores e das feridas que a menina Irisverde desenvolveu entre as pernas.

Quando Sabela conheceu Íris, menina ainda, a pequena estava por volta de seus doze anos. Tinha acabado de perder os pais com uma doença, que lhes foi comendo tudo por dentro, um e outro. Um dia, o pai de Íris apareceu totalmente vazio, inclusive, sem olhos; no lugar das órbitas, havia dois buracos escalavrados na face dele. O homem pediu para que fosse enterrado vivo, e seu desejo não foi atendido. Explicaram-lhe, que, por maior que seja a dor, o sensato é esperar a hora exata da morte, mesmo que de dor ele fosse morrendo aos poucos. Em sua impotência, ele concordou. Fechou os olhos, ou melhor, o buraco dos olhos e esperou desesperado, intranquilo. Meses depois, a mãe de Íris, cansada e adoecida de tantos sofrimentos, nos cuidados anteriores com o marido e com saudades dele, decidiu chamar pela morte. Chamou pouco, mas com veemência. A morte veio e já encontrou a mulher com os olhos vazios também e com a barriga oca, como se órgão algum tivesse existido lá dentro. A menina foi acolhida por Sabela, até o dia em que seus padrinhos apareceram para buscá-la. Nós já sentíamos a Íris como sendo nossa, e ela feliz também afirmava o seu pertencimento a nossa família. Mamãe e a menina temiam a visita dos padrinhos dela. Um dia eles chegaram dizendo que tinham vindo para levar Irisverde. O coração de Sabela estreitou-se como em sinal de dor. Ela argumentou que, mesmo não sendo a madrinha da menina, poderia continuar sendo a mãe dela. A madrinha e o padrinho de Irisverde perguntaram à Mamãe se ela não sabia que, na morte dos pais, os padrinhos se tornavam os primeiros responsáveis pela criança afilhada. E partiram levando a menina. Mamãe andou longa distância atrás deles, e alcançou os dois na rodoviária. Ela insistiu no pedido de trazer Iris de volta. Tudo em vão. Meses depois, um dia bem cedinho, na madrugada, Irisverde reapareceu. Trazia o corpo ardendo em febre e havia magricelado tanto, tanto, que seus ossos feriam, como uma faca de ponta fina, o corpo de Sabela ao abraçá-la. Lembro-me de Mamãe chorar, toda vez que contava esse episódio. Durante dias e dias, Irisverde, variando sobre o efeito de uma febre, da qual ela padecia, gritava para que o padrinho não se aproximasse dela e para que a madrinha a soltasse. A menina estava tão mal, tão machucada por dentro e por fora, que Sabela pensou que Íris partiria feito os pais dela. E desejou que isso acontecesse. Seria a maneira da menina não mais sofrer. Mamãe sabia que Irisverde não esqueceria jamais aquela dor. A madrinha, desde o dia em que chegaram em casa, todas as noites, segurava Irisverde, enquanto o padrinho abria-lhe as pernas e à força descia brutal e gozoso pelo corpo frágil e limpo da verde menina.

Outro que se salvou foi Antuntal. Um homem de baixa estatura, bem pequeno, quase anão e de rosto carrancudo. Todos temiam Antuntal, pelo poder de sedução de seu sorriso. Os homens, de vez em quando, manifestavam o desejo de expulsá-lo da cidade. Quem o salvava sempre eram as mulheres e as crianças. Algumas chegavam a não conceber a vida sem ele. Lembro-me, embora fosse eu criança, do sorriso dele. Era um movimento quase imperceptível que brotava de sua boca. Tão fugaz era o gesto, que ninguém sabia o momento inicial e final do rasgo sorridente que embelezava a carranca de Antuntal. O sorriso dele não era um ato raro, porém era breve, brevíssimo.

Assim como Irisverde ressurgiu imperiosa da lama, Antuntal também levantou lamacento de dentro de um bueiro. Seu sorriso marcou mais ainda seu rosto duro e sofrido. Foi, como se a boca de Antuntal tivesse se desprendido do corpo dele tornando-se uma parte autônoma, ou melhor, foi como se o corpo dele fosse só boca. E não foi preciso que ele fizesse muito esforço para salvar quem estivesse ao seu redor. Ele só sorriu, foi só sorrisos. E todos aqueles que, apesar do sufocamento da chuva, da cegueira provocada pelo desabamento das águas, conseguiram divisar o sorriso de Antuntal, foram arrastados em direção a ele. Estes se ergueram no desejo de seguir o homem. Antuntal, com suas pernas curtas, levantava, caia, levantava e andando de fasto seguia, nunca dando as costas aos seus seguidores. E os que acompanharam o sorriso do homem salvaram-se como e com ele.

Volto a repetir, foram muitos os que pereceram, mas muitos escaparam caminhando por cima das águas. Eram leves, apesar de muitos deles, serem gordos. Muitos, aparentemente frágeis, se salvaram como várias crianças e vários velhos. Alguns pequenos, que tinham por necessidade o hábito de perambular pelas ruas da cidade, fizeram do infortúnio sorte e prazer. Nos momentos iniciais da chuva, que já desabava forte, encontraram coragem e descuido para improvisarem barcos, feitos de caixotes velhos, brincando pelas correntezas adentro. E levaram a brincadeira tão a sério que navegaram até a salvação. Barcos rudimentares singravam mares imaginários, recuperando antigas rotas, e iam recolhendo quem encontrasse nos portos pedindo socorro. Os adultos, que acreditaram na fortaleza das embarcações das crianças, aceitaram o convite de embarcar de bom grado. E, como as crianças não param, se movimentaram durante todo o temporal, não deixando a morte chegar. Os temerosos, entretanto, que diante dos frágeis barcos das crianças, preferiram o abrigo das casas, ficaram por entre os escombros para sempre.

De muita gente que se salvou eu não vou contar a história. É muito para um só dizer; outros contarão depois ou silenciarão para sempre. Há também o registro considerado oficial do evento. O relato foi escrito por um parente distante do prefeito, que se salvando se dispôs a escrever os acontecimentos, carregando nas tintas em alguns fatos. Talvez, eu também possa estar carregando no peso de algumas palavras. Não sei se no relato oficial ficou registrada a teimosia de Padre Precioso e as consequências de sua cega obstinação.

Quando o telhado de igreja desabou e o altar foi arrastado, o padre e todos os seus afilhados, treze, começaram a duvidar da própria fé. Será que eles pediam pela salvação, mas não estavam convictos de que ela viria? Tinham o corpo pesado. As vestes longas e encharcadas dificultavam-lhes os movimentos. Um dos seminaristas sugeriu que tirassem as roupas. O padre recusou-se. Nunca se desnudaria dentro da igreja, que, como tal, como construção física, já não existia, pois as paredes haviam acabado de ruir. Insistindo na pureza do corpo coberto, que deveria ser conservada sob qualquer circunstância, ele não concordou que os jovens se despissem. Só aquele que sugeriu carregar somente a pele, despojando-se das roupas, só ele se salvou. Desaprontou-se de seu hábito para que o corpo adquirisse a leveza nua e natural do nascimento. Só Buono ressurgiu maravilhoso e maravilhado com a sua própria nudez no meio de tantas águas.

Manascente e suas meninas também escaparam. Águas em círculo, ora para a direita, ora para a esquerda, girando vertiginosamente, na porta de sua casa, impediam que a mulher saísse em busca da salvação, que podia estar lá fora. Não se tratava de nadar a favor ou contra a correnteza. Era um pouco pior. A mulher precisava pular na roda aquática, encontrar os sentidos e os dissentidos sempre traiçoeiros das águas. Havia mais um agravante, ela não era sozinha, tinha sete filhas, gêmeas. Não podia perder nem uma para as águas, assim como não quis reparti-las com ninguém, nem mesmo com o pai, que a abandonara um dia.

Quando o pai das meninas decidiu ir embora, decepcionado com Manascente e culpabilizando-a por lhe ter dado somente filhas, muitos da cidade deram razão a ele. O homem deveria procurar outra mulher e fazer com ela um filho homem. Para ele e para muitos, Manascente havia traído o desejo dele. Contudo, queria levar pelo menos uma menina, já que ele era o pai. A mãe não concordou. O homem se foi. Manascente pensou que teria paz; se enganou. A prefeitura, a igreja, a escola, a polícia, de todos os lugares administrativos da cidade apareciam representantes exigindo que a mãe entregasse alguma das meninas. Alegavam sempre que era muita responsabilidade para uma mulher só. Mas nada, nem ninguém, persuadiu a mãe de que ela deveria separar-se das filhas. As meninas, quando do acontecimento das chuvas, estavam grandinhas, com sete anos. Eram mudas para o mundo, só falavam entre elas. Nem a mãe sabia o tom das vozes delas. Conversavam com Manascente só por meio de gestos e toques. Muitas vezes, a mãe, meio enciumada, se metia entre elas, quando percebia o movimento dos lábios de suas pequenas. Elas não se calavam e tagarelavam mais ainda, porém, tão baixo, que Manascente nunca escutava, nunca entendia. Da fala das meninas, Manascente só captava um doce perfume de flores silvestres, hálito vindo de suas pequenas bocas, se derramando pelo ar.

No dia do dilúvio, não o bíblico, este que estou a narrar, assim que a mulher localizou o miolo do redemoinho de águas, rapidamente calculou o lugar exato em que teria de saltar. Não poderia ser lá dentro, teria de ser nas bordas dele e também na direção certa do movimento da roda. Cumpria saber, porém, se para a direita ou para a esquerda, noção que só teria depois que já tivesse imprimido a ação ao seu corpo. As meninas estavam agarradas a ela. Na verdade, Manascente e as filhas formavam outro círculo, cujo centro era ela. E no momento único, em que a vida escreveu a permissão de continuidade da mãe e das filhas, Manascente agiu pulando nas águas e se deixando levar pelos movimentos delas. Muitas horas depois, percebeu que estava viva, quando sentiu cheiro de flores invadindo suas narinas. Da casa havia sobrado só a parede que sustentava a porta. As meninas estavam sentadas ali, conversando entre elas e com a mãe no colo. Esperavam que a mulher acordasse de seu desmaio e retomasse a vida.

Em casa sabíamos da chuva lá fora e adivinhávamos todo o estrago que estava acontecendo para além do nosso terreno. Nem um pingo respingava em nosso teto. Todo movimento do dilúvio nos era dado a conhecer por meio da enxurrada que corria debaixo da cama de Sabela. Mamãe trazia o corpo encharcado até os ossos. Durante todo o tempo ela executava com as mãos movimentos dentro da enxurrada, resgatando centenas de corpos, salvando mais da metade da população da cidade. Quando a natureza abrandou, o terreno que circundava a nossa morada estava apinhado de pessoas. Crianças aguardavam o reaparecimento dos seus, dentro de nossa casa. Apesar do incômodo, nunca brinquei tanto e com tantas meninas e meninos ao mesmo tempo. Revi crianças sabelas, que eu não via há muito, entretanto, nem todas as pessoas sabelas vieram procurar Mamãe. Algumas aproveitaram as águas e retornaram, de vez, para lugar de onde tinham vindo, relembrando águas de outras correntezas, nas quais tinham sido embarcadas um dia. Mas não foi só a nossa casa que não ruiu, outras também resistiram. Salvaram-se a maternidade, a casa da mãe do prefeito, o hospital, em que ficavam encarceradas as pessoas julgadas insanas, a única cadeia da cidade e o prostíbulo. Permaneceram também ilesos o prédio da escola e o circo de uma família de ciganos, os vencianos, protegidos sob as lonas do picadeiro. Sabela com a sua força para-raios nos livrou do mal da água, assim como nos livrou do mal do fogo, do frio e da fome. Entretanto, mesmo assim, nunca esqueci aquela chuva. Horas depois, os que tinham sobrevivido experimentavam a sensação de estar principiando o mundo. À medida que a água baixava, corpos iam ressurgindo. A cidade ficou desolada. Bairros e bairros sumiram por completo. Aqueles que estavam salvos não sabiam se cantavam e dançavam a alegria ou se lamentavam a morte dos que não retornariam, para continuar visivelmente entre os seus.

Nos primeiros tempos após o dilúvio, ninguém falava sobre o acontecimento. Eu guardava a impressão de que tudo tinha sido imaginação minha e de Sabela. Só nós, Mamãe e eu, falávamos, falávamos, falávamos. Nem minhas irmãs falavam. A fala de Mamãe era ilustrada com o próprio corpo. Ao retomar o assunto os olhos dela vertiam água, e todo o seu corpo ficava úmido.

Quando Sabela já estava bem velha e quase não aguentava mais falar, ela me pedia que lhe recontasse tudo. Aí, era eu, então, que ficava úmida, vertendo chuvas de palavras, como estou a verter agora. De todas as nossas histórias, a que eu mais gostava e ainda gosto de reviver é o evento da chuva. Depois da passagem de Sabela para o outro estágio do viver, fiquei preocupada em recuperar os fios dos acontecimentos. Não tendo mais com quem repartir tantas lembranças, tive receio de que a memória sufocada dentro de mim, se calasse para sempre, se transformando em esquecimento. O que fiz? Fui em busca das pessoas que tinham na época experimentado os fatos, para pedir que narrassem tudo novamente. Percebi então muitos sentidos de uma mesma história. Mesmo Mamãe, que conhecia tudo, tinha o contar dela. E comecei a pensar. Será que o contar de Sabela chegou a mim da maneira que ela contou ou da maneira que eu ouvi? Tenho pensado também, se para um melhor entendimento do que foi a chuva, não carece da escuta de outras falas. Quem sabe se, ajuntando pedaços das falas de uns, remendando com o contar de outros, não poderia eu chegar a uma narração mais próxima do realmente acontecido. Digo mais próxima, porque penso que diante de certos acontecimentos, a palavra é muda. Nem palavra, nem gesto dão conta do que deveras aconteceu.

II Parte

Quando a filha de Sabela me pediu para que eu contasse a história da maior chuva que abateu sobre a cidade, pensei muito. Que importância teria a minha fala? E depois o que passou, passou. A minha dúvida maior é que talvez eu saiba pouco sobre chuva. Não vivi a chuva, vivi a solidão das águas. Eu e Cobra Serena. Da solidão, eu Madre Pia, sei dizer, desde sempre.

Quando os beneventes me expulsaram deles, eu já não estava neles, nunca estivera. Minha morada era externa ao meu núcleo familiar. Ainda na minha infância, já tinha construído o meu habitat interno. Em minha casa íntima, desde pequena, só me pertencia aos meus brinquedos e ao meu lavabo. Ali Cobra Serena, como uma sombra, ainda adormecida, pois ainda não havia se apresentado a mim, já me esperava para acalentar os meus dias futuros, fora de casa. Foi ela que captou para mim a cheia repentina que invadiria o nosso mundo. Serena, companheira, que sempre suave se adentrava em mim todas as noites para se aninhar junto ao meu coração, um dia antes entrou sem a calma costumeira. Fazia-me desagradáveis cócegas internas, como se houvesse perdido, em mim, o lugar que era dela sempre. Imenso foi o meu desconforto. Era como se eu mesma não conseguisse mais me abrigar. Hoje eu entendo. O dilúvio começou dentro de mim. No outro dia o só de mim chovejou. Chovejou toda solidão que eu vivera até aquele momento. Então, pela primeira vez pensei com ódio, dor e gosto, naqueles que seriam meus e eu seria deles. Veio-me um desejo de pessoas, um desejo de outros. Esse desejo de outros nadou em mim o tempo todo, enquanto eu boiava na chuva. O barro frágil, a construção de meu corpo, iria amolecer na água? Quem sou eu? – pensei - Madre Pia Beneventes? Madre Pia Serena? Madre Pia Solidão das Águas? Não vivi a chuva. Vivi os sentidos alagados de mim, sozinha. Não sabia bem de que e para que me salvar. Da chuva? Gota alguma me caía sobre a cabeça, meu lavabo no alto de mim mesma me protegia. O alagamento era interno. Cobra Serena, tendo parte de seu corpo enrolado em minhas pernas e outra afundada no lamacento solo, me fixava à terra ao mesmo tempo que me erguia. E no meio da solidão das águas vivi a insaciável sede do meu desejo de outros. A meu corpo nunca ninguém chegara. Só naquele momento alguns corpos na correnteza esbarravam em mim. Encontros que me desequilibravam. Eu sentia o desejo pelos outros, mas os que me chegavam já vinham mortos, ou quase, não me valiam. Todos na solidão das águas.

Eu, Rouxinol, assim que Sabela me pediu que contasse sobre as águas despencadas do infinito, minhas invenções e minhas palavras coçaram no céu de minha memória. Eu, aquele da boca amordaçada, obrigado a mastigar o canto e a diluir a voz no silêncio imposto, há muito que falo. Tenho a memória do fato protegida pela memória da palavra. Meu corpo criança ia completar três anos. Todos os do meu tempo, ainda pequenos, esqueceram o som e a fala. Enquanto eu, outrora mudo forçado, canto-conto o que da chuva sei. Eu, que já falava, mais falei naquele dia. Na fala naveguei, na fala, minha salvação. Se mudo eu ainda fosse à época, sob a torrente de águas, tenho certeza, meu corpo-represa explodiria. Lembro-me da água penetrando em minha boca rasgada, em meus lábios partidos. Da boca para dentro um rio se formava em mim. Falando, palavrando, cantando, gritando, gesticulando, a cada movimento. Eu em cima dos ombros de minha mãe, devolvia a água à água, que quase me sufocava. Respirei a cada som enunciado. A cada palavra-movimento que eu executava, me livrara recentemente do meu afogamento interior, a antiga mudez em que estive condenado. Por isso, eu, ser falante, respeito e agradeço o dom da palavra.

Recordo de quase tudo que vivi. Tenho uma aluvião de lembranças a margear o meu corpo. E dessas reminiscências uma imagem sobressai, a de Madrinha Sabela. Mais do que minha mãe, Madrinha é o princípio de minha memória.

No dia do dilúvio, minha mãe, mulher de pouco gestual, amanheceu de braços abertos e me acolheu em seus seios. Eu, Rouxinol Menino, cantei feliz. Era a segunda vez que ela me abraçava na minha vida de três anos. A primeira tinha sido no dia da minha condenação à morte por minha boca-fenda. Se minha boca é rasgada, minha memória não. Ela se dispusera a me abraçar diante de todos, depois que Madrinha Sabela me acolhera beijando meus dilacerados lábios. Nesse dia, mamãe parecia alegre ao principiar a manhã, e anunciou que no final da tarde a gente iria visitar Dindinha Sabela. Ela havia mandado um recado, tinha saudades, nos precisava por lá. A alegria de mamãe naquele dia, se tornou minha também. Entretanto, eu sentia um ar de chuva rondando o tempo. Só depois que as águas desabaram, foi que pude identificar o suor que a natureza emitia, mesmo antes da chuva. Era a minha primeira chuva. Desde que eu nascera, havia vivido só o tempo de estio. Guardei para mim a impressão daquilo que eu não conseguia dizer ainda. Horas depois, mamãe apressada, embora eu já andasse, me tomou nos braços dizendo que precisávamos chegar rápido à casa de Madrinha Sabela. Ela ouvira no rádio que chuvas fortes estavam para desabar. Não deu tempo, o temporal dos temporais nos pegou no meio do caminho. Lembro-me de mamãe aflita, sem ar, sem fôlego, toda ensopada, caindo, levantando, porém, sempre agarrada comigo. De repente aglomerados de pessoas e de coisas passavam por nós. Alguns pareciam estar presos na terra ou nas coisas, outros levados pelas águas pareciam executar voos aquáticos, outros dançavam na fluidez de um solo, palco móvel em direção ao nada. Vi gente, muita gente para os meus olhos ainda pequenos e vazios do mundo. Vi Madre Pia, não sei se agarrada ao seu lavabo. Acho que sim. Algo como um grande vasilhame de louça pousava em sua cabeça e seu corpo parecia emergir das águas. Vi o Velho Amorescente carregado de crianças escalando o pé de Mulungu. As crianças agarradas ao corpo do Velho me lembravam jabuticabas confiantes, presas ao tronco. Vi Irisverde, radiante, esperançosa, abraçando muitos e muitos. Ri para Antuntal e creio mesmo que a metade do caminho minha mãe fez guiada pelo sorriso dele. De Buono, divisei logo a nudez e a leveza do corpo dele sobre as águas. Vi muitos pequenos como eu, em suas barquinhas de papel, papelão, madeira, resguardando alguns grandes. Eram tão bonitas as brincadeiras das crianças, que por um momento eu quis descer dos ombros de minha mãe, para nadar inocente sobre a correnteza. Mas há uma imagem que, embora não seja tão nítida, tenho certeza de que jamais será ameaçada pela deslembrança. A sempre visão de um redemoinho. E dentro dele uma flor maior girava circulada por sete minúsculas florinhas, miudinhas, quase nada, pontinhos cheirosos a perfumar uma parte do aguaceiro. Vi, vivi, mas o que mais vi foi uma correnteza de náufragos. E, ao ver tantos afogados, sempre me sentindo agarrado por mamãe, uma sensação de conforto me invadiu. Eu, menino, não temi nada. Estávamos numa prazerosa brincadeira, cada qual se molhava e molhava o outro no esforço supremo de agarrar-se a alguém que passava ao lado. Alguns conseguiam, se abraçavam e continuavam na correnteza. Ao ver tantos corpos naufragando, e tendo a certeza do corpo de mamãe, sempre colado ao meu, eu sentia as águas como uma leve chuva benfazeja. E, só depois de alguns anos passados, o dilúvio foi que tudo entendi. Pude alcançar então o significado das imagens que estavam em minha memória, águas baixando e corpos se apresentando à flor da terra. O tempo me deu a entender a violência de tudo. Entretanto repito que, para mim, a chuva me ofereceu uma sensação que não experimentei nunca mais. A emoção do encontro. Nas águas, minha palavra, ainda miúda, encontrou muitas pessoas no caminho. Nas águas, encontrei os outros que tanta falta me faziam. E lembro, que pude encostar meus lábios rasgados na face de muitos que se salvaram como eu, e que me tinham rejeitado um dia. Não esqueço também que as águas me levaram mamãe. Estávamos quase adentrando pelo terreiro de Dindinha Sabela, minha mãe, já sem forças, espichando os braços, me lançou por terra e assim conseguiu me depositar no solo seco, porto seguro, ao redor da casa. Quando me equilibrei e olhei para trás, ainda vi parte de sua mão, no esforço do nado e do nada, como se estivesse me dizendo adeus. Naquele momento quase adivinhei o vazio que a minha mãe me deixava, mas só vim chorar sua perda, anos e anos depois.

Ah, quando a filha de Sabela, veio me pedir para ajudar a contar a história das águas que rolaram dos olhos de Mãe Grande, eu temi. Naquele tempo, eu já era o Velho Amorescente e hoje tenho muito e muito mais sóis e luas passados nos meus dias. Então pensei: *o que eu sei daquele fato tão distante? Pra que a filha de Sabela quer futucar lembranças? Tenho medo. E se Mãe Grande chorar de novo?* Fiquei dias e dias, buscando o consentimento para falar do pranto dela. A filha de Sabela sabe que Mamãe Grande não chorou à toa e que a qualquer hora, em qualquer dia desses, ela pode chorar novamente.

Dias antes entendi que o pranto ia acontecer, quando a pedra chorou em minhas mãos. Eu velho, com o meu olho esperto, enxergador dos avisos da vida e da morte, escutei o tempo. Falei com os meus que era preciso assuntar a causa da tristeza, do aborrecimento de Mãe Grande. Era de necessidade, naquele momento, buscar ouvir o que Ela queria de nós. A pedra pranteando era prenúncio de águas dolorosas caindo dos olhos de Mamãe que mora acima de nós, nos vazios do céu. Mas os meus não ouviram a minha fala e nem os sinais de Mamãe. Sozinho, pregando no meio do deserto de minha gente, estava eu, enquanto meu povo insistia em continuar seguindo o caminho da distração. Vi então que seria só eu a cuidar das crianças, minha velhice me dava esse compromisso. E, quando Mamãe chorou, nem a chuva vi. Vivi o retomar de minhas forças, me remocei. Do mais velho que já estava em mim, um mais jovem nasceu. Vivi o meu refazer nas águas. Do tempo gasto que já habitava em meu corpo, a água desmedida que vazou dos olhos de Mãe Grande consertou toda a fraqueza de minha pessoa. E, quando os pequeninos chegaram a mim assustados, me senti pai de todos. Era preciso alcançar um abrigo, pensei. Vi então o velho pé de mulungu, irmão, gêmeo meu, no tempo. Ágil pela árvore acima, com uma das mãos me agarrei ao tronco, e com a outra, tendo os dedos multiplicados em tantos mil, carregados de crianças alcancei as flores do mulungu. E ali, feito um cuidadoso pai, depositei um por um dentro delas. Repito, não vivi o tormento das águas e sim a certeza de minha serventia naquele momento. E se não fosse por tantas mortes acontecidas, eu até ia achar que Mãe Grande havia parado as lágrimas na metade do choro, quando vi as crianças salvas. Pois da chuva não senti, só sei contar do mulungu alto e das crianças, flores socorridas. Sei da água-chuva que milagrou meu velho corpo, como se eu tivesse tomado um forte unguento para me remoçar. Vivi nas lágrimas de Mãe Grande um milagroso parto de mim mesmo. O meu velho corpo expeliu os antigos membros cansados e me pariu com uma força temporã, para sustentar os pequenos meus e assim continuar a vida dos palavis. Não vivi a chuva, vivi águas remoçantes sobre o corpo meu.

Tão guardada fico em mim, que do próprio som de minha voz esqueço. Como treinar agora a fala para contar da chuva para a filha de Sabela? Se não fosse um pedido da filha de Madrinha Sabela, silenciosa eu continuaria. As irmãs de Sabela, outras filhas de Madrinha Sabela, parece que se esqueceram da chuva, só Sabela, tão memória como a mãe, quer desenrugar as faces do tempo. Sabela, filha de Sabela, neta de Sabela, bisneta, tataraneta de outra Sabela, desde o nome, sacralizou o passado. Sabela, Sabelas. Falo das Sabelas, para fugir de falar de mim. Quero e posso falar da chuva, mas para além da chuva, ou antes mesmo da chuva, guardo os raios. Desde muito guardo a queimação em mim. Da minha queimação, pouco falo. Pouco sei. Mas da chuva, benéfica torrente, águas a abrandar a minha dor eterna, a que carrego entre as coxas, dessas águas, eu, Irisverde, menina-machucada, sei.

Para falar da chuva, falo da dor do antes. Não da dor das águas externas, mas das águas de mim. Primeiro papai todo esburacado pela doença, depois mamãe se esburacando também. Tudo vazio no corpo dos dois. Ouvi mamãe chamar pela morte, tanta dor nos vazios dela, que compreendi. Nunca pedi que ela ficasse. E quando um buraco maior preencheu o corpo dela, oca eu fiquei. Foi então que nossa vizinha Sabela foi me buscar. Eu, menina, vazia dos meus, não podia ter encontrado melhor ninho. Aninhei-me dentre elas, Sabela e suas filhas. As meninas me acolheram fazendo cosquinhas lá no canto de minha alma-menina, em um lugarzinho em que eu ainda podia sorrir. Um dia, não muito tempo depois, surgiu uma madrinha e um padrinho, parentes próximos de papai ou mamãe, não sei, e me levaram. Eu queria ficar com Sabela e as meninas que já se faziam minhas irmãs. Não pude. E na noite em que cheguei à casa deles, no instante logo após, me partiram. Fui jogada na cama, meus braços presos pelas mãos da moça e só me lembro do moço em cima de mim. Parti. Doeu. Senti todos os buracos de mim, dias e dias. Tudo doía e os dois sempre de novo. A moça, meus braços presos, o moço cavacando todos os meus buracos. Na frente, atrás, na boca. Um dia, não sei como, um rosto na minha frente. Era o de Sabela, a fada, a madrinha que me escolhera, a que me salvara, eu na casa dela. Passaram muitos dias, meses, Madrinha Sabela no cuidado de mim. As meninas em silêncio me rodeavam. Elas me ofereciam tudo delas. Bonecas de milho, pedrinhas catadas no rio, pirilampos e vaga-lumes em garrafas de vidro, bichinhos acendedores infantis dos mistérios da noite. Nada, porém; desde então, conseguia bulir novamente com as cosquinhas em algum canto dentro de mim. Perdi a origem de meus risos, que já eram parcos. Tudo só buraco, só vazio. Dos buracos de meu corpo, frente e verso, só guardo nojo. Da boca também. Pouco falo. Sinto o meu hálito contaminado. Eu pedia a Sabela que me banhasse com flores. Comia e bebia também os perfumes da natureza. Nada adiantou. Só no dia da grande chuva, meu corpo perdeu o odor e sabor dos dois que violentamente me tocaram. Só depois que o despencamento das águas entrou em minha boca, circulou em minhas entranhas, entupiu todos os meus buracos, só então fiquei livre da lembrança dos corpos dos dois sobre mim. E foi só no dia da chuva que confiança tive para me aproximar de alguém. Debaixo das chuvas, eu me sentia limpa e igual a todos. Com uma incontida alegria, abracei, enrosquei, arrastei muitos.

Eu queria pessoas em quem eu pudesse tocar. Eu queria pessoas para esbarrar em meus buracos. E carreguei muitos entre as pernas, sobre o meu corpo, e houve ainda muitos que puxei pela boca. Salvei muitos, enquanto eu me salvava. No dilúvio a minha salvação, a minha purificação. Madrinha Sabela, a benção que me havia escolhido, precisava me ver em atos de purificação. Creio que ela me viu, Madrinha via tudo. Repito, não vivi a tormenta das águas. Vivi a brandura da fonte, em seu nascedouro, a correr dentro de mim.

Eu tenho ainda o gosto-sorriso, ao falar da chuva, para Sabela, filha de Sabela. Falo do prazer que o dilúvio me causou. Nunca sorri tanto, nunca fui tão feliz, nunca fui tão aceito, nunca experimentei tanto o meu poder sedutor. Foi nas águas da chuva que perdi a minha carranca, máscara que colocaram em meu rosto e que eu deixei. Naquele feroz aguaceiro, nem Noé, salvaria tanta gente para recomeçar o mundo. Não precisei da Arca, se ajuda divina tive, com certeza foi de outros deuses. O Deus Sorriso. Só ri, fui sorriso o tempo todo das águas. E muitos da cidade, principalmente os homens, que tanto me repudiavam, a mim vieram. Eles, a quem eu tanto temia, pelas ameaças que me faziam. Sempre receei que eles me arrancassem o que é meu de nascença, o sorriso, pois já me haviam imposto um rosto carregado, à força de tanto me escarnecerem pelo meu tamanho. Antuntal, o carrancudo, o pequeno, o anão, tão mortificado pelos insultos dos outros, no sofrimento das águas viu grandes e pequenos se igualando. E só então fui reconhecido em minha valia. E, como já havia experimentado várias vezes, o dom que em mim habita, deixei a graça fluir, mesmo sob a mortífera tempestade. Assim vieram a mim, crianças, mulheres, homens e animais. De costas, eu caminhava sobre as águas e quem pôde contemplar a minha face, vinha e vinha. Muitos que vinham atrás de mim, pelos movimentos dos mil redemoinhos, foram jogados frente a frente comigo. E, ao mirarem meu rosto, pelo meu sorriso foram seduzidos. De minha parte, não vivi qualquer sacrifício, qualquer penitência, eu só queria sorrir. Era o que eu tinha para dar. Eu pedia ao Deus Sorriso que me concedesse a graça e força para sorrir. E aos afogados, a oportunidade de me contemplarem de frente. E assim fui e assim fomos. Água, gente, bichos, coisas, turbilhões de nada, redemoinhos e sorrisos. Alguns, já salvos ou a caminho da salvação, passavam ilesos. Iam sem o meu sorriso. Entre os que tinham salvação própria, me lembro de Madrepia, do Velho Amorescente e de Irisverde. Íris brotava da lama, como eu do lodo brotei, abraçando muitos outros. E, nas correntezas da morte, não vivi a sisudez do perigo, nem a gravidade do desenlace que nos ameaçava. Vivi a fluidez da graça do meu sorriso caindo no olhar pedinte do outro.

Eu da chuva sei, para contar a Sabela, a beleza da nudez, embora Padre Precioso, durante anos nos ensinasse do corpo nu, o pecado. Das águas que desabaram sobre o nosso mundo, o seminário e suas dependências, pensávamos ser um castigo sobre nós. Padre Precioso nos ensinava que Sodoma e Gomorra, haviam sido destruídas pelo fogo e, do jeito que ia o mundo, todos os pecadores teriam o fim no meio das águas revoltas. Ele nos ensinava a todo momento a evitar o pecado. Tentávamos, tentava-nos. Não nos tocávamos, não nos víamos, a não ser em desejo. Fingíamos ser só alma, matéria etérea. Não tínhamos corpos. Tínhamos sim, estávamos a nos arrebentar de desejos e de solidão. Até o dia do torrencial castigo, eu nunca me despira diante de outros e, mesmo quando sozinho, o ritual de troca de roupa era feito de olhos fechados. O banho era frio e, cantando alto os salmos da pureza, ele, o padre, lá fora nos ouvindo. Eu pouco sabia do meu corpo, embora descobertas ilícitas me fossem facilitadas pelo diabo, segundo o que me fizeram crer. Um dia, não sei por quê, acordei com algo estufando em mim, ali, onde eu, criança, só pensava ser o reservatório do xixi. Aquela parte do meu corpo amanheceu retesada, vontade de urinar talvez, ou algum sonho que eu não sabia precisar. Temendo meu corpo pecaminoso, com a mão eu tentava aplainar a parte que crescia, que sobressaía. Quanto mais minha mão tentava impor obediência à parte indecente, incandescente de mim, mais eu me intumescia por dentro e fora. Tive desejos de levantar e contemplar o meu corpo nu, mas me contive. Esses pecaminosos desejos me atacavam todos os dias. Uma manhã em pleno desespero, tonto e disposto mesmo a extirpar a iníqua parte de mim, confessei entre o medo e a vergonha tudo para o Padre Precioso. Cabisbaixo, esperei o castigo, primeiro o dele, depois o de Deus, ou quem sabe dos dois juntos. Pela primeira vez em tanto tempo, ele me olhou de maneira terna. Eu estava com quase treze anos e desde os cinco, minha família, cuidando de minha educação, me entregara ao Padre. Sorridente, ele me disse que era para eu não me afligir e toda vez que acontecessem tais sonhos e tais engrandecimentos da carne, que eu fosse estar com ele. Não, na capela, não, para que nenhum outro soubesse de minhas tentações, mas no quarto dele. Juntos oraríamos para amainar qualquer possibilidade de pecado ou de punição divina. Entretanto, eu estava tão envergonhado, tão temente do olhar e do castigo de Deus, que resolvi me mortificar sozinho. Rezava, rezava e jejuava o dia inteiro, me penitenciando por me deixar conduzir pelos caminhos prazerosos e pecaminosos de meus sonhos.

Da leveza, da graça e da inocência da nudez, na chuva foi a minha descoberta e aprendizagem. Quando o telhado e as laterais da igreja desabaram e tombou o primeiro santo do altar, pensei: Meu Deus, se os santos não estão resistindo e nós então, pobres mortais. Padre Precioso insistia em mirar um céu, que nem mais se via. Parecia que o mar havia mudado de plano e, invertido no espaço, desabava sobre a terra. Alguns dos meus colegas ainda rezavam; outros desfaleciam, mas todos nós encharcados estávamos. Tentei andar, minhas vestes pesavam as fardagens alagadas de chuvas de todos os homens. Senti uma dor intensa sobre meu corpo, especialmente sobre meus ombros. Aventurei novamente movimentar os pés, porém cada vez mais estavam agarrados na lama do chão. Assustei, nossa capela assoalhada brilhava constantemente pelos cuidados nossos com a Casa de Deus. Que barro era aquele? Final do mundo, pensei. O homem veio do barro e ao barro retornará. Será que já estava na hora de entregar o meu corpo? Não! Deus não podia ter reservado aquele destino para mim. Eu nem havia cumprido a minha missão ainda, a de ser padre. Busquei Reverendo Precioso, suas roupas pareciam maiores ainda. Tentando andar, ele suspendeu a batina, vi a ponta de seus sapatos. Olhei, ao redor, uma avalanche de águas derrubando as paredes da capela, gritei: "Padre Precioso, vamos tirar as roupas?" Ele ainda respondeu aos brados: "Não, na casa de Deus, ninguém se despe." Não ouvi mais nada, arranquei minha batina e senti que as águas me empurravam para fora do espaço que tinha sido o da igreja, até uns momentos antes. A força das águas se encarregou de arrancar o resto das roupas que estavam atadas em meu corpo. Nu, totalmente nu, nadei. Não vi mais Padre Precioso. Em minha navegança encontrei outros corpos nus, inocentes, sem mácula alguma, ficando de pé. Da chuva, sei apenas que me descobri sem culpas, livre inclusive da original.

Das águas e seus mistérios, muito aprendi, Sabela. O maior aprendizado deles foi entender a força do silêncio. Não esqueci a fala, como também não me deslembrei do gesto. Entretanto, nas histórias, falas e silêncio moram juntos e às vezes um pisa no pé do outro. Silêncio e grito se trombam. Na chuva, houve quem escapou das torrentes concebendo sua própria salvação, pelo não gritar, pelo não falar, pelo não dizer. Esses se abrigaram no silêncio. Tamanho foi o não som, a não fala vindo deles, que as águas passaram esquecidas em seus caminhos e essas pessoas permaneceram salvas. Houve outras que, no desespero, no tanto-tanto gritar, assustaram as torrentes que, já indo lá longe, recuaram e buscaram para si os gritantes. Se de alguém o silêncio também é, esse quinhão é o meu. Essa é a parte que me toca. Gosto do silêncio, quando escolho o não dizer, quando a opção é minha. Não quero falar das águas. Não por medo de acordar a líquida potência, que pode o mais potente sólido arrastar. Não é por isso. Sou íntima das águas, dos líquidos que em mim habitam. E nada caiu na minha deslembrança.

Das águas, guardo a imagem do redemoinho na porta de minha casa e eu lá dentro com as minhas meninas, elas, mestras do meu silêncio. As meninas, sete, pouco falam, até hoje, desde pequenas. Aliás, falam, mas do falar delas nada sei, nada escuto. Em cada uma, a boca ensaia pequenos movimentos, os olhos mexem e muitas vezes paradas elas ficam. Quem olha de fora há de julgá-las mudas. Aprendi com elas que a palavra não é somente o som, pode ser também a intenção. E no dia das misteriosas águas, ao olhar o redemoinho que se movimentava na porta de minha casa, para a nossa salvação, milagrosamente entendi. Não podia dizer nada, emitir som algum. Pensamento qualquer me podia perturbar. Eu não podia perder o olho do centro do redemoinho e tinha de me lançar longe dele, na direção certa do movimento das águas. Com as meninas agarradas em mim, me dispus a buscar a salvação. E tinha de ser no silêncio, qualquer palavra balbuciada me desviaria do roteiro. Só um som regia aquele momento, o das águas. E é este o que mais prezo agora. Do meu nome, Manascente, até me esqueço, das minhas filhas, nem sei mais. Sinto que são perfumadas, como o hálito exalado de suas bocas quando mexem em diminutos movimentos. Os corpos que vi mortos, as moradias destruídas, a cidade arrasada, não quero dizer. O abalo visível nos foi dado conhecer. Das chuvas me encanta o mistério. Por que as águas chovezaram com tanto desespero? O que significavam as lágrimas de Mãe Grande, como um dia, o Velho Amorescente perguntou. Das águas quero saber não dos mortos, mas, dos vivos, dos mistérios, dos milagres de quem se salvou.

III Parte

Das histórias, eu não sei dizer qual é mais. Como uma laboriosa aranha, tento tecer essa diversidade de fios. Não, meu labor é menor, os fios já me foram dados, me falta somente entretecê-los, cruzá-los e assim chegar à teia final. Tento apreender a história e seus sentidos. O sentido primeiro me veio de Sabela, pois, com Mamãe, vivi todo o evento. Eu, menina, captei do corpo de Mãe, a chuva e seus alagamentos. De Mãe herdei as águas e também o estio. Quem primeiro me mostrou a chuva foi Sabela. O seu corpo inundou e o meu também. Na narração da chuva, está o corpo fundante de Mãe, depois como consequência, como elo, talvez o meu. As meninas, minhas irmãs, no silêncio guardam lembranças. Impossível que elas não tenham as suas águas. Da fala escolhi que a palavra é um direito e um dom. Muitos escolhem o silêncio para fabricar o esquecimento. O esquecimento também dá sentido à história. Por que é preciso esquecer? Alguém já disse que a fala e a mudez moram na mesma casa e que de vez em quando uma pisa no pé da outra. O lembrar e o esquecer também coabitam sob o mesmo teto. Às vezes se trombam e sangram.

Além da história que Sabela me contou sobre as águas e das que ouvi, para mais tarde ajuntar a esse relato, trago uma notícia de jornal que acabo de recolher. A notícia recente saiu em um dos periódicos da cidade, na coluna "Fatos do Passado Distante", assim diz o registro:

"Há anos, em tempos muitos distantes do momento atual, ocorreu em nosso Município uma grande chuva. A cidade ficou alagada. A chuva não poupou nem pobres, nem ricos. Um desastre imenso, jamais visto. Logo depois, as autoridades constituídas reconstruíram a cidade e o povo pôde esquecer o triste acontecimento."

A história que Sabela nos contou, e que eu reconto a partir da palavra-vivência dela, é um relato constituído de nossos corpos, tantos os que foram salvos, como os que perdidos na água ficaram. Em nossos corpos, memória e água. Sei que dizer algum dá conta do acontecimento. Palavra alguma, seja ela falada, escrita, consagrada, repudiada, inventada, nada diz tudo. Por isso várias, muitas. Na sabedoria de um povo está dito que "o sopro que sai da boca do homem, a palavra, é a energia, é a potência que move o Universo". No livro de outro povo está escrito: "No princípio era o verbo". Nas duas afirmativas é a palavra o princípio. E o princípio que me foi dado conhecer foi a palavra-corpo de Mãe. Das entranhas-mater a origem de minha fala e a compreensão primeira que tirei das águas.

Sempre recontando a história das águas, conto a de Sabela, a minha e a de tantas pessoas. Vozes múltiplas e diversas me ajudam a ampliar, a aprofundar o sentido da história. Há ainda vazios, eu sei. Volto ao meu princípio para recontar sobre as águas:

Quando no céu retumbaram trovões, gritos rasgados da boca do tempo, as vozes do alto foram repetidas desde lá de dentro das entranhas da terra. Os buracos terrestres, mesmos os bem-bem pequenos, como os minúsculos orifícios por onde penetram as menores formigas, até as crateras de onde jorram os vômitos dos vulcões, todos copiaram os gritos celestes. Todas as inimagináveis frinchas do chão manifestaram-se com um longo e profundo som. Todas as fendas do solo bradaram violentamente, inclusive a maior, a guardadora das imensas águas, o mar. Repito. Todos os buracos terrestres devolveram aos céus, em forma de eco, os brados roucos e lancinantes que se despendiam das nuvens. Tudo foi um só abalo, um transtorno só. Céu e terra como se tudo fosse uma única matéria em rebuliço. Eu me lembro de que naquela tarde, os sons mais baixos provinham das vozes humanas em gritaria. Os cães ladravam em uníssono, misturando confusamente seus lamentos aos finos e irritadiços miados dos gatos. Os bichos de dois pés emitiam trinados, que de tão estridentes rachavam os seus bicos. Olhei Sabela, Mamãe tinha a expressão toda úmida. De sua roupa ensopada a água escorria. Lá fora a chuva nem começara ainda. Era sempre assim. O corpo de minha Mãe dava sinal do tempo...

POSFÁCIO

A fortuna de Conceição

Conceição Evaristo, mineira, radicada nas terras fluminenses, poetisa, romancista e contista nos oferece um livro inovador com doze contos e uma novela, nesses tempos de conturbação política, à beira de um inesperado retrocesso das conquistas sociaisno Brasil. Dizemos inovador porque, mesmo que se comprove a existência de elementos discursivos recorrentes nos livros anteriores, em Histórias de leves enganos e parecenças, Conceição toma a decisão de percorrer a seara do insólito, do estranho, do imprevisível. Isto posto, não faltam exemplos de passagens das narrativas que nos remetem a tal expediente.

O conto "Rosa Maria Rosa", cuja personagem engradada vive uma espécie de "trancamento do corpo", ilustra isso. Certo dia, por descuido, Rosa levanta os braços e de seus suores pingam "gotas de pétalas de flores". O mesmo dispositivo de inserção do estranho acontece com Inguitinha, a frágil moça que cansada de tanta zombaria por causa de seu nome, um dia decide revidar e enfrenta com toda sua força aqueles que a afrontam. No conto, "A menina de vestido amarelo", o inusitado se instala no ritual da primeira comunhão, quando "ruídos de água desenhavam rios caudalosos e mansos a correr pelo corredor central do templo". Outros manifestados do imprevisível tomam corpo na novela "Sabela". Nela, o corpo da personagem homônima sinaliza o estado da indomável natureza a prenunciar o dilúvio. As previsões e visões de Sabela confirmam a tormenta que abate a população e o lugar e a personagem atua como detentora de uma sapiência incomum sobre os mistérios da "natureza – natureza, os da natureza humana e os da natureza divina".

Essas incursões que irrompem a lei natural das coisas e que tendem a provocar no/a leitor/a "hesitação" podem levá-lo/a a uma possível leitura do livro pela via crítica ocidentalizada, enquadrando-o como literatura fantástica, pela ocorrência do insólito, todavia, a nosso ver, a construção de tal expediente se alicerça sob outros pilares, se levarmos em conta os discursos de Conceição Evaristo como teórica da literatura.

Ao se referir quanto ao procedimento de criação do conto "O sagrado pão dos filhos", ainda naquele momento em processo de construção, a autora mencionou que antes mesmo dos estudos culturais teorizar as questões de gênero:

> As mulheres das classes subalternas já tinham atitudes e estratégias de enfrentamento diante da dureza do cotidiano. Histórias, ficções criadas por elas funcionavam como discursos de resistências e mais do que isso, como suporte, amparo emocional diante do sofrimento. Formas ficcionais que buscam resistência, podem ficcionalizar o cotidiano, sobrepujando a dor. Para além das impossibilidades de alimentar os filhos, cria-se uma ficção que os filhos eram alimentados com as águas das mãos da mulher que guardavam restos de farinhas do pão que ela preparava na casa-grande (A questão dos gêneros nas artes, palestra proferida em 26 de setembro

de 2015/ Sesc Palladium/ Belo Horizonte)

Podemos construir, apoiados/as nesse ponto de vista, uma possível via de reflexão sobre a estratégia de inclusão do imprevisível nas novas narrativas de Conceição Evaristo. A incursão da imprevisibilidade, isto é, do estranho nos contos e na novela parece mais se aproximar do que se concebe como realismo animista (termo cunhado pelo escritor angolano Pepetela), perspectivado em diversas narrativas africanas. Isto porque a existência da atuação de forças da natureza, da alteração dos fenômenos que modificam a ordem natural das coisas, a crença em entidades capazes de intervir na rotina dos personagens, etc. são estratégias concebidas por um modus operandi revelador da maneira de pensar, de ser e de existir de uma dada comunidade cujas origens advêm da diáspora africana.

As estratégias apontadas nos contos e na novela em discussão redimensionam o fazer literário de teor inclusivo quanto ao que não está na "ordem natural das coisas" que conduz a um pensamento animista, caracterizado não meramente por uma "representação", mas como forma de "apreensão do mundo" (Soyinka, 1976). Esse modo de apreensão dos mitos, rituais e valores ancestrais tende a recusar uma nova colonização e validar um modo de ser e existir revigorado no ato da "escrevivência" evaristiana.

Desse modo, a antologia Histórias de leves enganos e parecenças encaminha o leitor a múltiplas vias de leitura e ainda proporciona investigações por diversos enfoques teóricos, entre eles, o de identificar as linhas mestras do projeto literário de Conceição Evaristo. Do primeiro ao último conto e novela "Sabela", cimeira do livro, vamos encontrar, no âmbito dos enunciados, diálogos intratextuais com a obra da autora e intertextuais com mitos e outros textos da cultura brasileira. Sob o primeiro viés, pode ser instigante para o leitor estabelecer relações formais e temáticas com Ponciá Vicêncio (2003), Becos da memória (2006), Poemas da recordação e outros movimentos (2011), Insubmissas lágrimas de mulheres (2011) e Olhos d'água (2015). No segundo, o intertexto é tecido com outras vozes da música popular brasileira, ou com histórias dos ancestrais divinizados africanos. Tal percurso há de ser produtivo na averiguação dos aspectos da linguagem, da construção das personagens e da concepção das narradoras notadamente imbuídas de postura ético-estética.

Assim, esferas narrativas são densamente desenvolvidas com vista a visibilizar mais as personagens do que propriamente as histórias que são contadas. Podemos inferir que os contos de Conceição são contos-personagens que se realizam pelas falas das personagens no ato de rememorar a prática do cotidiano que, por sua vez, remetem à condição étnica e de gênero.

Quanto às vigas temáticas que vigoram, além doutras, enfatizam-se as que vêm sendo basilares da prosa e da poesia de Conceição Evaristo, a saber, a evocação à história dos afro-brasileiros e afro-brasileiras, ressaltando como fonte a oralidade; a concepção de uma cosmogonia híbrida, plural, em que os contatos culturais são mediados pelo sincretismo que, em meio ao conflito, a ordem hierárquica é subvertida; o subalterno como sujeito consciente de sua condição e realidades, sempre em busca de resistir às pressões do status quo que engendram as relações de poder demarcadas pela herança escravocrata; a força feminina como "fêmea-matriz" e "força-motriz" da comunidade/sociedade em que está inserida; a força ancestral como guia para o enfrentamento contra preconceito e a discriminação do povo negro. Enfim, temas perpassados por uma ética aportada no pacto da oitiva que não cabe "a instalação de qualquer suspeita".

A relação de poder que subjuga as classes subalternas e sustenta o fosso social aparece nas narrativas como fator determinante das deficiências das estruturas históricas e sociais. Conceição Evaristo nos põem em um lugar inquietante e desafiador, como se clamasse para uma leitura não passiva, nem pacífica. O que se conta, através do figurativo, do alegórico e do simbólico, engendra-se dos fatos e de suas consequências históricas que incidem na vida cotidiana, onde pobres, negros e não negros, despertos em suas masculinidades e feminilidades, rompem com o preestabelecido, revelando nos "líquidos" corpos a veia da resistência. Por isso, faz-se pertinente o destaque a personagens comuns tais quais Rosa Maria Rosa, Inguitinha, Fémina Jasmine, Alípio de Sá, Andina Magnólia, Davenir, Dolores Feliciana e seus guris, Halima tataravó e Halima bisneta contrapostas às da família Correa Pedragal ou da Sra. Cálida Palmital Viamontes. Uma gama de sujeitos intensamente humanizados, frágeis ou prepotentes, inocentes ou ambiciosos, arrogantes ou fortemente humildes, atuando conforme suas circunstâncias, com vontades ou contra vontades, revigorados nos sonhos ou aceitando as desilusões sob o embate das leis da sobrevivência e da proteção.

Os elementos água e fogo modalizam as ambiências narrativas como empreendimentos vivificadores. Nos contos e, mais precisamente, na novela "Sabela", a água constitui o corpo físico e o corpo social.

Por vezes, passa a ser símile ou metonímia do universo urdido. Neste aspecto, as narrativas de Conceição comungam com procedimentos da tradição e da contemporaneidade da arte. O elemento água se instala referido como fonte da vida ou como provocador da destruição. Na perspectiva das narrativas tradicionais, a metáfora da água remete ao "princípio de todas as coisas", "elemento primordial" (Aristóteles), ou "espelhamento do mundo" (Narciso) e quando ligado ao corpo feminino traz o sentido da fertilidade, flexibilidade e instabilidade. Como fonte de desequilíbrio e destruição aparece preponderante como elemento de mudança na iconografia do dilúvio. Na atualidade, por seu turno, o elemento água, especialmente nas produções de artistas femininas (Marina Abramovic, Teresa Margoles), remete à continuidade da vida, extensão do corpo humano, dentre outras perspectivas, quando se faz urgente evidenciar e amenizar as dores femininas no mundo.

"Assim tudo se deu". A simbologia das águas em Histórias de leves enganos e parecenças decorre de vários parâmetros em que os enredos vão se firmando, quer no intuito de aplacar a maldição e afrontar a fúria do abuso do poder, quer para revitalizar a crença ancestral, o poder feminino e a instalação de uma nova ordem. Desse modo, Conceição Evaristo emprega tanto os sentidos da tradição quanto da contemporaneidade.

Por outro lado, ao pensarmos sobre a insistente presença do elemento água no discurso poético de Poemas da recordação e outros movimentos (2011) e de como pulula nas lágrimas das contadoras dos contos de Insubmissas lágrimas de mulheres (2011) parece crível inferirmos que ele se realiza como metáfora da memória que se instala muitas vezes esfacelada e fraturada, persistindo na rearticulação de novas subjetividades e potencializando identidades negras dos sujeitos que transitam nas zonas de conflitos. Do mesmo modo acontece, especialmente, no conto "Mansões e puxadinhos" e na novela "Sabela".

Enfim, vale o/a leitor/a atentar para as narradoras de Histórias de leves enganos e parecenças. Elas estão imbuídas de duas funções diferentes que se justapõem. A função de ouvinte e ao mesmo tempo de contadora da história alheia que não deixa de ser também histórias de si mesmas. Conceição Evaristo retoma o processo anterior de semelhante efeito no livro Insubmissas lágrimas de mulheres, mas emprega outros procedimentos para sensibilizar a audiência-leitora. Os relatos apontam para um ambíguo distanciamento que revela no fundo uma elevada cumplicidade. Em Insubmissas lágrimas de mulheres, a narradora enuncia:

> Gosto de ouvir, mas não sei se sou a hábil conselheira. Ouço muito. Da voz outra, faço a minha, as histórias também. E, no quase gozo da escuta, seco os olhos. Não os meus, mas de quem conta. E, quando de mim uma lágrima se faz mais rápida do que o gesto de minha mão a correr sobre o meu próprio rosto, deixo o choro viver. (...) Portanto essas histórias não são totalmente minhas, mas quase que me pertencem, na medida em que, às vezes, se (con)fundem com as minhas. Invento? Sim, invento, sem pudor (...). (Insubmissas lágrimas de mulheres, p. 10).

A narradora, que molda as histórias contadas por Aramides Florença, Natalina Soledad e outras mulheres, assim o faz absorvendo as fragilidades com o intuito de mostrar o momento posterior de superação e resistências das mulheres no mundo de violência. Se em Insubmissas lágrimas... a voz que fala diz que também "inventa", em Histórias de leves enganos e parecenças, a narradora-ouvinte adverte o/a leitor/a sobre o pacto de ouvir e não suspeitar, realçando o caráter primordial do narrado. A escrita é memória trazendo à tona "as histórias das entranhas do povo". Então a narradora escreve:

> Sei que a vida não pode ser vista só com o olho nu. De muitas histórias já sei, pois vieram das entranhas do meu povo. O que está guardado na minha gente, em mim dorme um leve sonho. [...] Ouço pelo prazer da confirmação. Ouço pela partição da experiência de quem conta comigo e comigo conta. [...] Escrevo o que a vida me fala, o que capto de muitas vivências. Escrevivências. [...] Cada qual crê em seus próprios mistérios. Cuidado tenho. Sei que a vida está para além do que pode ser visto, dito e escrito. A razão pode profanar o enigma e não conseguir esgotar o profundo sentido da parábola.

Isso dito parece revigorar o acerto poético da autora encontrado no poema "Recordar é preciso" que versa:

> O mar vagueia onduloso sob os meus pensamentos
> A memória bravia lança o leme:
> Recordar é preciso.
> O movimento vaivém nas águas-lembranças
> dos meus farejados olhos transborda-me a vida
> salgando-me o rosto e gosto

> Sou eternamente náufraga,
> mas os fundos oceanos não me amedrontam
> e nem me imobilizam.
> Uma paixão profunda é a boia que me emerge.
> Sei que o mistério subsiste além das águas.
> (Poemas da recordação..., 2011, p. 17)

Ou em "A roda dos não ausentes", quando o eu poético de Conceição Evaristo reconhece:

> (...)
> Cada pedaço que guardo em mim
> tem na memória o anelar
> de outros pedaços.
> (...) (Poemas da recordação... 2011, p. 81)

Nessa comunhão de vozes-mulheres que percorrem a obra de Conceição, numa dimensão que agora tende para o "realismo animista", as figuras femininas dão o tom da feitura do universo criado. Elas estão despertas e, ao contarem suas histórias de leves enganos, fazem ressoar parecenças. Nesse ato que não há espaço para emudecimento, contrapondo-se à violência de todos os modos, multiplicam forças e revigoram a existência na tessitura da solidariedade e da resistência.

Assunção de Maria Sousa e Silva
Professora Doutora da Universidade Estadual do Piauí.

Referências bibliográficas do posfácio:

EVARISTO, Conceição. Ponciá Vicêncio. Belo Horizonte: Mazza, 2003.

EVARISTO, Conceição. Becos da memória. Florianópolis: Editora Mulheres, 2006.

EVARISTO, Conceição. Poemas da recordação e outros movimentos. Belo Horizonte: Nandyala, 2008.

EVARISTO, Conceição. Insubmissas lágrimas de mulheres. Belo Horizonte: Nandyala, 2011.

EVARISTO, Conceição. Olhos d`água. Rio de Janeiro: Pallas, 2014.

EVARISTO, Conceição. Histórias de leves enganos e parecenças. Rio de Janeiro: Malê, 2016.

VARGAS. Débora Jael R., Silveira, Regina da Costa da; "O insólito na literatura e a cosmovisão africana. Revista Letras & Letras, v. 30, n. 1 (jan./jul. 2014), p. 207-218. Disponível em: <(http://www.seer.ufu.br/index.php/letraseletras)>. Acesso em 15 mai. 2016.

SOYINKA, Wole. Myth, literature and the African world. Cambridge: Cambridge University Press, 1976.

Esta obra foi composta em Arno Pro, impressa pela OPTAGRAF sobre papel pólen 90g/m², para a Editora Malê, em setembro de 2025.